INDICE

LA LEGGENDA DI REDENTA TIRIA

A un amico fragile che la Voce si è portato via

A Cristina

Quel che consuma, che va consumando il diavolo dentro la gente, a poco a poco, è il ragionevole soffrire.

JOÃO GUIMARÃES ROSA, *Grande Sertão*

Come se gli si sturassero le orecchie, sentì, molto chiara, la voce della Madre degli Uomini...

MARIO VARGAS LLOSA, *La guerra della fine del mondo*

PARTE PRIMA

IL PAESE DELLE CINGHIE

1
ABACRASTA

Abaca, abaco, Abacuc... Abacrasta, il nome del mio paese, non lo troverete in nessuna enciclopedia, e neanche segnalato nelle carte geografiche. Al mondo non lo conosce nessuno, perché ha solo milleottocentoventisette anime, novemila pecore, millesettecento capre, novecentotrenta vacche, duecentoquindici televisori, quattrocentonovanta vitture e millecentosessantatré telefonini.

Abacrasta è famoso solo nel circondario, dove lo chiamano «il paese delle cinghie». A Melagravida, Ispinarva, Oropische, Piracherfa, Orotho, quando passa uno di Abacrasta, si fanno il segno della croce e si domandano:

«E a quello, quando gli tocca?».

Ad Abacrasta, di vecchiaia non muore mai nessuno, l'agonia non ha fottuto mai un cristiano. Tutti gli uomini, arrivati a una certa età, fiutando la fine imminente, si slegano i calzoni come per andare a fare i bisogni, si slacciano la cinghia e se la legano al collo. Le donne usano la fune. Qualcuno si spara, si svena, si annega, ma pochi, molto pochi, rispetto agli impiccati. Nelle tanche di Abacrasta non c'è albero che non sia diventato una croce.

Questa maledizione, che fa pazziare gli abitanti di Abacrasta e li convince che aprire le porte del nulla è facile come stappare una bottiglia di birra fresca, è senza tempo, si perde nei primi sogni cattivi che si diceva facesse nell'antichità un certo Eracliu Palitta, il fondatore del paese. Eracliu era un capraro, venuto per mare da lontano in cerca di aria montagnina. Si fermò ai piedi di una rupe che somigliava alla testa di un grosso vitello bianco e ingravidò Artemisa Crapiolu, una femmina cieca che, a forza di seguire le capre, aveva i piedi duri come pietre.

Trasformarono l'ovile in una casa e si misero insieme. Ebbero diciotto figli e il più bello di tutti, Istenfalu, sembrava un incrocio tra un cinghiale e una mula. Li svezzarono a tocchi di latte quagliato e pane d'orzo. L'acqua per dissetarli la tiravano su con un moiolo di sughero dalla sorgente di Abacrasta. Quell'acqua, ancora oggi, è densa come l'olio di listinchinu e ha il gusto acre delle foglie del gigaro.

Abacrasta ha preso il nome di quella sorgente e nessuno è mai riuscito a cambiarglielo, manco il Padreterno. Una volta, nel secolo scorso, ci provò un ufficiale dei carabinieri, mandato da queste parti per catturare due balentes che si erano dati alla banditanza. «Vasciu», lo voleva chiamare il paese, in onore del duce e dei fasci. Insieme al podestà, riunì gli abitanti nella piazza grande di Muristene e li costrinse a scarabocchiare qualcosa su una scheda gialla. Quasi tutti, per sfregio o per ignoranza, scrissero VROSCIU. Quell'anno, ad Abacrasta, ci furono più purghe che temporali.

I figli di Eracliu s'incrociarono con lo stesso sangue e ne venne fuori una genia di gente inquieta, con le radici attaccate al passato e la testa sempre buttata in avanti ad annusare il futuro. Da quei miscugli di sangue nacquero cacciatori di uccelli dai becchi di bronzo, grassatori, divoratori di uomini, allevatori di capre e domatori di cavalli.

Da giovani presero l'abitudine di lanciare i padri nel burrone dei mufloni e da grandi iniziarono a impiccarsi ai rami dei salici, lungo le rive del fiume Alenu. Da allora, ad Abacrasta è sempre stato così e ogni anno, all'avvicinarsi della stagione delle messi, arrivano da lontano nuvole di uccelli col becco di bronzo, che lasciano cadere sui campi una merda velenosa che brucia tre quarti del raccolto.

Oggi, ad Abacrasta, si campa ancora con quello che passa la terra avara: grano, latte, carne, olive, vino, uova, sughero, frutta, patate, cuoio di vacchetta. Le scarpe e le cinghie gli abitanti di Abacrasta se le fanno fare su misura da due mastri calzolai, Alipio Cordiolu, erede di Nannaru, e Agustinu Candela, figlio di Genuario, che si è appeso cinque anni fa alla ringhiera delle scale. La cinghia dei pantaloni se la fanno lunga, a doppio giro e con le iniziali bruciate a fuoco.

Tutto il resto viene da fuori, le vitture, le lavatrici, i telefonini, i frigoriferi, le macchine da cucire, i computer, i televisori, le mungitrici, la moda, le idee. Anche i servi pastori vengono da lontano, perché i giovani non sanno più chinare la schiena, non vogliono sporcarsi le scarpe di sterco o puzzare di pecora.

Io sono Battista Graminzone, pensionato, una volta ufficiale dello Stato civile del comune di Abacrasta. Non sono mai stato un impiegato qualunque. Mettere timbri e fare certificati era l'unico modo per guadagnarmi il pane, ma non ho mai smesso di domandarmi perché, al mio paese, la gente rinunciasse volontariamente al dono della vita con tanta facilità. Ho iniziato a scrivere, prima per passare il tempo, visto che sono sempre stato scapolo, poi per curiosità, a mano a mano che sfogliavo le vecchie carte custodite negli archivi, e infine per piacere, da quando ad Abacrasta è arrivata Redenta la cieca.

L'ultimo nullaosta per seppellimento di cadavere l'ho firmato il tredici agosto di sei anni fa, quando la moria volontaria di cristiani si è fermata di colpo, come per miracolo.

Un giorno di fine estate che il sole squartava le sughere e il vento caldo faceva drinnire i vetri è arrivata in paese Redenta Tiria, una femmina cieca, con i capelli lucidi come ali di corvo e i piedi scalzi.

« Dove abita Micheli Isoppe? » domandò al mastro ferraio del vicinato di Mumucone.

« Cento passi a destra, poi prendi per la salita della chiesa e ti trovi di fronte alla sua casa. Mì che ha i garofani rossi sul davanzale. Se non ti apre subito, bussa ancora forte, che quello, quando si chiude in laboratorio, non sente neanche le fucilate! ».

Non si era accorto che Redenta era cieca.

« Medas grascias! » rispose la donna, allontanandosi all'ombra dei muri.

Antoni Sapa la guardò per un po' di spalle. Il lastricato scottava. Lei camminava in punta di piedi, tenendo la fardetta sollevata fino al ginocchio per infrescarsi le cosce. I capelli neri le arrivavano sino ai fianchi, come una lunga mantellina. Redenta sparì nel vicolo e Antoni tornò a ventilare la forgia. Tra le scintille che il mantice sputava in alto nella cappa gli sembrò di vedere il volto di una madonna.

2
MANNOI GRAMINZONE

Mio nonno, Menelau Graminzone, morì sbattendo i denti dal freddo e stirando le gambe come un cane. Era la vigilia di Natale del 1950. Io avevo compiuto sette anni a novembre e mi avevano concesso di rimanere sveglio fino all'ora della Messa del Gallo.

Quella notte mannoi Graminzone lasciò la cena a metà e tornò all'ovile, con la scusa che doveva controllare le pecore.

«Mì che vi trovano tosto dal freddo, bà! Non fa a uscire con questo tempo!».

All'alba tzio Luisi lo trovò impiccato alla quercia grande, quella che segnava il confine tra la tanca di Sas Animas e il Santuario della Madonna del Raccolto. Aveva gli occhi sbarrati e le orecchie rosicate dai topi campagnoli. Mannai Juvanna, per tranquillizzarmi, mi strinse a sé e mi disse senza piangere:

«Non preoccuparti, Battì, perché ad Abacrasta gli uomini muoiono tutti così!».

Quello è stato il primo morto che ho visto, appeso al ramo come un capocollo, a stagionare all'aria.

Mio nonno aveva pulito un braccio dell'albero a roncolate, sotto la luce della luna, per non rimanere nascosto tra le frasche, che magari se lo sarebbero giocato le cornacchie, e di lui sarebbero rimaste solo le ossa spolpate. Si era scelto quel posto con la cura di uno sciamano che disegna il cerchio per un rituale. Qualche giorno prima aveva tagliato i rovi che circondavano l'imbusto e tolto tutte le pietre. A venti passi dalla quercia, dove all'alba l'occhio del sole iniziava a ballare, aveva piantato una croce: due stecchi di olivastro legati con il fil di ferro e una sua foto di quando era militare.

In quella foto aveva un chepì con la visiera di cuoio liscio, la giubba grigio fumo, la giberna con due borsette per le cartucce. Chissà se al fronte aveva mai ucciso qualcuno. A me la guerra grande la raccontava ridendo come una storiella, mi diceva che era stato pilota, lui, che firmava i documenti con una ighisi. Io, a mannoi Graminzone che fa l'aeroplano in volo, non me lo dimenticherò mai.

«Dsssssùmm, dssssùmm, dsììììì... tatàtàtà, tatatà, tatà...».

Apriva le braccia come un astore e girava intorno al tavolo della cucina, mitragliando contro la piattaia e l'imbocco del forno per il pane:

«Tatatà, tatà, ratatatà... In trincea, Battì! In trincea, che qui grandina piombo!».

Quando lo composero dentro la bara sembrava più vecchio, come se avesse vissuto il doppio degli anni. Il suo viso aveva un ghigno strano, di uno che non aveva amato la vita, che era nato per dovere, e sempre per dovere aveva fatto tutto il resto: amato, figliato, lavorato, camminato.

«Era arrivata l'ora sua!» dissero i parenti.

Mentre lo piangeva, mostrando la sua maschera di rughe profonde, mannai Juvanna accettava le condoglianze dei paesani e rispondeva a tutti allo stesso modo:

«La Voce l'ha chiamato e lui ha ubbidito!».

Chissà da dove veniva quella voce, di chi era, mi chiedevo impaurito. Io ero un bambino buono e ubbidiente, a me quando mi avrebbe chiamato? Un giorno che eravamo soli a raccogliere prugne nell'orto, a mia nonna glielo domandai:

«Oh mannà! Ma cosa dice quella voce quando chiama la gente?».

Lei mi grattò dietro la nuca con le sue unghie indurite e rispose:

«"Ajò! Preparati, che il tuo tempo è scaduto!". Solo questo dice, Battì! Poi allunga una mano invisibile e ti porta via».

Da quel momento la mia vita fu solo una lunga attesa di quella voce, di quella mano che mi avrebbe portato via.

3
PASCALE PRUNIZZA

Alle scuole di Avviamento professionale mi ero fatto un amico che si chiamava Pascale Prunizza. Aveva qualche anno più di me ed era ripetente. Di teoremi e analisi del periodo non capiva niente, ma sapeva tirare di fionda come un cecchino e distingueva le uova degli uccelli da lontano. Conosceva un sacco di nidi e ammaestrava serpenti e lucertole. Quando finivano le lezioni, buttava i libri sulla sedia e correva in campagna ad aiutare il padre nel ricovero delle pecore e nella mungitura. Come sapeva fare il formaggio lui, non l'ha imparato mai nessuno. Pascale era alto quanto una pertica, aveva una gobba sul naso che si era fatto dando una testata al maestro delle elementari, e quando litigava con i compagni dilatava le nari emettendo strani muggiti.

La prima volta che mi portò all'ovile era pieno inverno. Veniva giù una pioggia che sembrava ghiaccio grattugiato. La mattina dovevano interrogarci in francese e a noi, quella lingua straniera tutta uì, mè, purquà, a malapena ricordava i versi degli animali. Non ci serviva a niente.

«E quando mai lo incontriamo ad Abacrasta un francese vero?» diceva Pascale, mostrando i denti già incrostati di nicotina.

«Può esserci utile per quando tornano gli emigrati in vacanza!» rispondevo io.

«Ma vai! Per quelli basta e avanza il dialetto!».

Per prepararsi le sigarette Pascale raccoglieva le cicche dalla strada e le sfarinava su un rettangolo di carta velina. Arrotolava tutto in un grosso cannolo, accendeva coi fiammiferi di cera e tirava fumo sino all'estremità, tenendo l'avanzo in punta di dita.

«Ma tu, quand'è che ti decidi a crescere e a fumare?» mi ripeteva sempre, sfottendo.

Quel lontano giorno d'inverno, dentro la casupola dell'ovile, mi convinse a fare la prima tirata. Sentii un bruciore lancinante allo stomaco, come se mi avessero fatto bere a forza pece fusa. Per rimettermi in sesto, dopo che aveva fatto il danno, fece affiorare una boccia di formaggio dolce dalla quagliata e ne tagliò una grossa fetta col coltello.

«Mangia, mincialone! Mangia che questo ti mette brodo nei coglioni!».

Il formaggio di Pascale sapeva di erba fresca e miele. Prima di andar via, separò la massa bianca dal siero, la tagliò a tocchi e, pressandola con le mani, la infilò nelle cestelle per scolare e prendere forma. Da un ripiano incassato nel muro prese una bottiglia impolverata e la stappò con i denti.

«Manda giù un sorso di questa roba, che adesso ti porto a sognare dietro la collinetta di Tronos!».

Le budella si accesero di nuovo e il sangue cominciò a bollire.

«E raju che forte! Ma cos'è, benzina?».

«Quasi!» disse lui ridendo. «Adesso sbrigati che se no facciamo tardi! Ricordati che al ritorno, quando suona la campanella della scuola, devi appostarti nel vicolo di Sa Itria, per mischiarti agli altri che escono, così tua madre non si accorge di niente».

Prendemmo per una salita chiusa da cespugli e muri a secco e, voltando a destra verso la collina di Tronos, costeggiammo per un lungo tratto il fiume Sappaiu. Aveva smesso di nevischiare e il sole faceva brillare come stelle di prata le foglie dell'agrifoglio.

« Preparati a non svenire e tieniti le palle strette, che altrimenti te le ritrovi in gola! ».

L'emozione e l'effetto dell'acquavite si facevano sentire. Colavo sudore e ogni tanto una bestia con le zampe fredde mi camminava su e giù per la schiena.

« Ma questa sorpresa, cosa di buono è, Pascà? » domandai.

Lui manco rispose. Continuava a tirare avanti, col muso puntato al sole e il bidoncino del latte a tracolla, che perdeva dal tappo di sughero, colandogli sul panno della giacca.

Quando arrivammo vicini a un recinto, si buttò in ginocchio per terra e, a gesti secchi, mi invitò a fare altrettanto. Si portò la mano a forbice sulla bocca e mimò un taglio. Capii al volo che da quel momento non dovevo più fiatare.

Quattro stalloni selvaggi, legati ai piedi con catene di ferro, spingevano col muso contro un cancelletto di tavole inchiodate. Nitrivano con indolenza, sputando in aria un vapore schiumoso. Avevano il manto nero lucido che mandava riflessi azzurrini.

« Tu non muoverti! » disse a voce bassa.

Entrò nel recinto arrampicandosi su un perastro e, scavalcando il muretto, si avvicinò lentamente ai cavalli. Iniziò a carezzargli la criniera e la schiena, poi, con una piccola chiave arrugginita, a uno a uno, li liberò dalle catene. Aprì il cancelletto e, salutandoli con una manata sulla groppa, li lasciò correre verso la pianura.

« Via! Via! Trùù su cà! Via, che voi siete nati per galoppare! ».

A Dineddu Podargu, il proprietario delle bestie, quello scherzo Pascale glielo faceva ogni tanto. Non poteva arrampanarlo, perché frustava a sangue gli stalloni e li teneva sempre chiusi dentro il recinto.

«Quello è un cane!» mi disse. «Uno che tratta così gli animali dovrebbe mangiare merda e bere solo piscio!».

Tornammo a casa con le tasche gonfie di bacche rosse di corbezzolo, mangiando a mano piena.

Prima di salutarmi, mi guardò in faccia e domandò:

«Battì! Avevi mai visto cavalli così belli?».

Pascale Prunizza, quando parlava di cavalli e raccontava i sogni che faceva sua nonna, spalancava gli occhi come castagne pronte a uscire dal riccio. Il nonno lo aveva perso in guerra e, da allora, tzia Mintonia Sulapis vedeva nel sonno solo guerrieri che combattevano contro mostri a tre teste, saccheggi di città e carneficine che finivano sempre all'alba, quando le nuore la svegliavano per il caffellatte. Fino all'ora di pranzo continuava a sentire il fragore delle sciabole che s'incrociavano in battaglia, lo scalpitio dei cavalli che avanzavano, il crepitare dell'artiglieria che oscurava il cielo con nuvole di polvere da sparo.

«A li senti, Pascalè? Arrivano! Vai a nasconderti nel fienile che se ti trovano ti tagliano la testa!».

Pascale, che non temeva né i morti né i vivi, tirava fuori la leppa e rispondeva:

«Non temete, mannà, che se arrivano già vi difendo io!».

Una volta, a fine primavera, mannai Mintonia gli raccontò un sogno strano, che gli mise davvero paura e lo inquietò per diverso tempo. Sognò un toro porporino, con corna lunghe di metallo e unghie affilate come artigli. Era uscito da una grande urna di bronzo e per tredici mesi aveva vagato per le campagne di Abacrasta, in cerca dei cavalli di Dineddu Podargu. Quando li trovò li sventrò e, prima di sparire, si mangiò le interiora. Lasciò le bestie a terra nel recinto, con la polpa pronta per le vespe e le mosche.

Alla fine del sogno un bambino vestito di bianco come un chierichetto, con il turibolo in mano che mandava profumo d'incenso bruciato, correva sopra il muro a secco del recinto gridando:

«Perché? Perché?».

Da molto lontano il vento portò un filo di voce, come se un dio ubriaco si fosse nascosto nella lecceta di Sas Nastulas:

«Perché dopo tocca a te!».

Il viso di quel bambino, nel sogno di tzia Mintonia, aveva i lineamenti di Pascale.

«Guardati dal bue rosso, Pascalè! Mira che è ancora in giro dalle nostre parti, in cerca di anime da portarsi via!».

La nonna di Pascale non era matta o esaurita, vedeva solo nei sogni quello che gli altri non riuscivano a vedere nella realtà, intuiva l'orientamento del destino. Una sera consigliò a un compare del figlio Paulu di non prendere la vittura per andare a mungere:

«Gonà,» gli aveva detto «stanotte ho sognato che volavi come un angelo e avevi le ali insanguinate. Forse è meglio che per qualche giorno lasci la vittura a casa e vai all'ovile a piedi».

Gonariu Ruzzanca le aveva risposto scherzando:

«E aspè che adesso torno a piedi! Mì che le macchine non le hanno inventate per lasciarle ferme, tzia Mintò!».

L'indomani, mentre si recava ad accudire il bestiame con due sacchi di mangime dentro il cofano, Gonariu non fece neanche due chilometri. Dopo la salita di Loroddai, alla terza curva saltò la cunetta e finì nel precipizio di Sos Astores. Lo cercarono per sette giorni ma non lo trovarono. L'unica cosa che riuscirono a recuperare fu una sua foto scattata a carnevale, quando si vestiva da angelo nero.

Per tutta quell'estate Pascale non fece altro che vedere buoi rossi e carcasse di cavalli dappertutto. In acqua, in aria, per le strade. Dovunque si andasse, si guardava intorno sospettoso, portava la mano a chiocciola all'orecchio e diceva:

« Intè? Senti anche tu questo rumore di zoccoli? È il bue rosso che arriva per portarmi via! ».

Una mattina andai a cercarlo presto, perché avevamo l'appuntamento nell'ovile di Mascrubò per la festa della tosatura. La madre mi disse che era uscito prima dell'alba:

« Non ha neanche bevuto il caffellatte! Si è messo la taschedda a tracolla ed è scappato come una furia! ».

All'ovile di Mascrubò, Pascale non c'era. La Voce lo aveva chiamato altrove. L'ho trovato io prima di mezzogiorno, appeso al perastro che guardava il recinto con i suoi frutti acerbi. Al centro dello spiazzo, coricati di fianco come bambini stremati, giacevano gli stalloni che Dineddu Podargu aveva abbattuto a fucilate nella notte.

4
BERNARDU SOLITARIU

Bernardu Solitariu, ad Abacrasta, lo chiamarono così perché il giorno che era venuto al mondo nel resto dell'isola non era nato nessuno. Era un quattro agosto che il sole masticava con denti d'oro le ombre delle strade.

«Ma quando finirà questa calura? Se continua così crepiamo tutti!» diceva Liciniu Poddicale, sorseggiando un bicchiere di birra caldo come il brodo.

«Ne crepano e ne nascono!» aggiunse Arturo, il barista, rivolgendosi alla compagnia dei perditempo. «Lo sapevate che stamattina ha partorito Tuniedda Curre-Curre?».

«Quella bagassa?» domandò Coseme Zicoria. «Tanto già sarà facile dargli un cognome, coi cento padri che si ritrova! Bella lotteria, mì!».

Quando ad Abacrasta si venne a sapere che quel venerdì in tutta la Sardegna era nato solo Bernardu, quasi si fece festa e, a testa di vino, un gruppo di ubriaconi lo battezzò Bernardu Su Solitariu, il solitario. All'anagrafe, Bernardu è sempre risultato di padre ignoto e registrato col cognome della madre,

Tuniedda Peleas, nota Curre-Curre, per via del suo mestiere.

A forza di correre per i vicoli del vicinato di Gattulinos, Bernardu Solitariu si allungò solo di gambe, il tronco gli rimase corto e gonfio, a forma di botte spanciata. Aveva le braccia che non gli arrivavano alla braghetta e, per pisciare in grazia di Dio, doveva genuflettersi come un cane, piegando ogni volta la gamba destra. I piccoli solchi sulle sopracciglia e il naso a cucchiaio gli davano un aspetto di animale antico fuggito dalla covata di qualche nido sepolto.

Fin da piccolo onorò il soprannome che gli avevano dato i beoni: giocava sempre da solo e non si lasciava avvicinare da nessuno. Quelli che provarono ad ammansirlo per renderlo meno bisbetico ne portano ancora i segni addosso: l'orlo dei morsi, i tagli da ferro o da pietra.

L'indole violenta fece pensare a molti che fosse figlio naturale di Adamu Cerdone, un forestiero che si era dato a banditare e sequestrare cristiani. Tuniedda Peleas la videro tante volte andare e tornare dalla grotta di Carvonaios, dove Adamu aveva uno dei suoi rifugi.

Solitariu era agreste e nessuno riusciva a tenergli testa, neanche la madre. Un giorno che gli negò il permesso per andare ad assistere alla festa della mietitura le saltò addosso e cercò di strangolarla. Se non fosse arrivato Dariu Carburo l'avrebbe finita e buttata nel pozzo.

«Ma ti stai ammacchiando a mettere le mani addosso a tua madre?».

«Io non ho né madre né padre, sono figlio di nessuno!» rispose Solitariu sputando rabbia.

Allora aveva tredici anni, e alla festa della mietitura ci andò lo stesso. Salì fino alla punta del monte di Nidu Abilas e si mise a guardare i contadini. Cantando un inno alla Madonna del Raccolto, lavoravano di falce e avanzavano rasando i campi come cavallette. Le donne portavano le brocche e legavano insieme i mannelli, fino a farne un covone che si potesse portare a spalla. I più giovani radunavano i mannelli in uno spiazzo e si occupavano di girare gli arrosti all'ombra di una loggia addossata al santuario.

Quando il lardo in fiamme iniziò a sfrigolare facendo croccare la cotenna dei maialetti, il vento gli portò una zaffata di profumi che gli aprì lo stomaco.

«Fate, fate!» disse tra sé. «Che il bello deve ancora venire!».

Il pranzo fu di quelli memorabili: maccheroncini tondi tirati a mano, conditi con sugo di pecora, carne arrosto e «in cappotto», formaggio marcio, cipolle crude, pomodori d'orto e vino nero a fiumi. La sera, prima di andar via, ballarono intorno ai fuochi e fecero benedire il raccolto da don Attilio.

Solitariu aspettò che la luce della luna gli illuminasse il cammino e, spiccando lunghi salti, arrivò dietro il santuario. I fuochi fumavano ancora, perché era tradizione lasciare che li spegnesse il buio della notte. Raccolse due tizzoni ardenti e li scagliò sulla bica dei covoni del grano falciato dai contadini. Non appena si levarono in cielo le prime lingue di fuoco, Solitariu si buttò a terra e iniziò a rotolarsi nella paglia dalla gioia.

A vent'anni compiuti, quando morì la madre, Bernardu Solitariu si trovò senza arte né parte, con poche ragioni per vivere e molte per morire. Si svegliava ogni mattina domandandosi perché mai lo avessero messo al mondo, visto che a lui stare in mezzo agli altri cristiani gli procurava l'orticaria.

I dermatologi dell'ospedale di Noroddile, tenendolo a dovuta distanza, gli diagnosticarono e certificarono la malattia, fino allora sconosciuta. Scoprirono che appena qualcuno gli si avvicinava, anche con le intenzioni più buone, lui iniziava a sentire un formicolio su tutta la pelle, come se ci stesse camminando sopra una turba di formiche carnivore. Dopo qualche minuto, il suo corpo si riempiva di bolle che bruciavano e scoppiavano, come la sfoglia del pane crasau appena tolta dal forno.

Per qualche anno, in attesa che lo chiamasse la Voce, si diede a bere e a rubare tutto quello che gli capitava. Si disse che un giorno arrivò a uccidere anche un uomo, per rubargli il vestito nuovo di velluto che si era appena fatto per il matrimonio. Gli rubò anche le scarpe di vernice, i gemelli e la catenina d'oro.

Con quel vestito avvicinò una sera una cantante che era venuta per una festa con il suo chitarrista. Era una femmina di Traspacadule, vestita in costume e di una certa età, tutta pizzi e gioielli. Aveva una voce che rapiva il cuore e un petto che faceva uscire gli occhi dalle orbite.

L'avvicinò mentre entrava nei locali della caserma vecchia a darsi un po' di trucco prima del concerto. Quello che Solitariu le disse non l'ha mai saputo nessuno. Di vero c'è che, da quella notte, la signora Moira di Traspacadule dormì nel suo letto e cantò solo per lui. L'orticaria sparì come per incanto e la bella forestiera, che possedeva un sacchetto di erba magica, gli fece scoprire la voglia di vivere.

Coi risparmi di lei attrezzarono un laboratorio e aprirono un negozio di dolci. Le formaggelle, i sospiri, gli amaretti, l'aranzada, il pan di sapa, i bianchini, il pistiddu di Moira e Solitariu ad Abacrasta e dintorni se li ricordano ancora tutti. Erano speciali, lasciavano in bocca a lungo un gusto di miele vanigliato, davano un senso di ebbrezza che rendeva più sopportabile l'esistenza, senza tagliare le gambe come faceva il vino nero.

Il segreto della Pasticceria Solimò, così lo chiamarono il negozio, era in quel pizzico d'erba magica che Moira aggiungeva agli impasti. Non facevano in tempo a tagliare mandorle, sbattere uova, candire arance, tirare sfoglie di pasta. Per contentare tutte le richieste dei battesimi, delle cresime, dei matrimoni, delle comunioni, assunsero pure due lavoranti fisse, Uselia e Curicia.

Mai la vita era stata così bella per Bernardu Solitariu, mai il destino era stato così tenero con lui. Si addormentava ridendo tra le titte di Moira e si svegliava con un sorriso tra le sue braccia.

La cosa andò avanti così per quasi dieci anni, giorno più giorno meno. Una sera che Moira gli disse che l'erba magica stava per finire, Solitariu sentì addosso una strana tristura, e la notte si svegliò in preda al prurito. L'orticaria se lo stava mangiando. Si grattò a sangue fino all'alba, quando sentì la Voce che lo chiamava:

«Ajò! Preparati, che il tuo tempo è scaduto!».

Solo questo gli disse. Lui s'infilò i pantaloni e uscì in cortile con la scusa di sventiare.

«Torno subito» disse alla compagna. «Pensaci tu a preparare il ripieno per i pistiddi e a dare la glassa ai papassini!».

Dalla soglia di pietra dell'ingresso non fece neanche cento passi. Si chiuse la porta della cantina alle spalle e s'impiccò con la cinta a un'anella di ferro murata al soffitto. Io ero stato assunto in comune da tre anni, ed era il ventottesimo certificato di seppellimento che firmavo, dopo gli accertamenti necroscopici di rito. Solo tre dei defunti se n'erano andati di morte naturale, «di male ignoto e per cause sconosciute», come accertò l'ufficiale sanitario, dottor Lampazio. Tutti gli altri se li era portati via un nodo alla gola, che sulla carta diventava un burocratico: «Deceduto ad Abacrasta, località ighisi, giorno ipisilon, ore circa, per (presunto) suicidio mediante impiccamento».

5
BENEITTA TRUNZONE

A Beneitta Trunzone avevano iniziato a vestirla da suorina quando aveva tre anni. Erano secoli che i Trunzone offrivano a Dio una delle loro figlie, chiudendola nel monastero di clausura delle Clarisse di Piscopio, dove facevano il noviziato. Poi, dopo che avevano preso i voti, spesso le mandavano in qualche sperduto convento del continente. Beneitta non lo sapeva, ma già prima di nascere era destinata a diventare suora. Mama Giacumina, quando era rimasta prinza per la sesta volta, lo aveva detto chiaro a Rimundu Trunzone:

«Rimù, se è una bambina, il frutto di questo seno lo offriamo a Dio!».

Rimundu storse la bocca e rispose sì, perché a casa sua comandava la moglie e di una figlia femmina in campagna non se ne faceva niente. Un Trunzone senza figlia suora andava contro la tradizione, perdeva i beni di famiglia e l'amicizia dei parenti. Se capitava la disgrazia di mettere al mondo solo figli maschi, bisognava rimediare dando una tanca al vescovo o intestando venti vacche al parroco. Così era stato da quando fu miracolato Anchisu Trunzone, un antenato che era scampato all'ira di Dio e degli uomini di don Carmine Ispunzale.

Anchisu, che era bello come un bronzo nuragico e pigliava le femmine con la stessa facilità delle mosche cavalline, un giorno, per scommessa, s'infilò nel letto di don Carmine e gli truvò la moglie, dona Amalia di Soricò.

«Marranu che non ce l'hai il coraggio di fotterti la moglie di don Carmine!» gli dissero una sera due compagni di baldorie.

Lui sorrise e si arricciò la punta dei baffi biondicci scolpiti a fior di labbro:

«E cosa vi giocate?».

«Noi ci scommettiamo il bestiame. E tu cosa ci metti, che non hai acqua in brocca?».

«Io mi gioco la cosa più preziosa che ho: la pelle!».

«Quella non hai bisogno di giocartela, perché se don Carmine fiuta qualcosa, sei già un uomo morto. Lo sai che a quello gli basta il pensiero, per farti fuori con una passata di fucilate!».

Eccitato dalla sfida e dal vino, Anchisu tolse fuori dalla tasca un orologio d'oro, di quelli con coperchio e catenella:

«A vi basta questo? Mincialoni!».

Per portare a termine l'opera, l'antenato dei Trunzone chiese un mese di tempo e una cavalla bianca. Con quella, sin dall'indomani, iniziò a passare sotto le finestre di dona Amalia. Si lisciò i capelli con olio di lentischio e li tirò indietro alla moda, allungò le basette fino alla cornice del mento, lucidò i denti con foglie di salvia e si stillò negli occhi gocce d'acqua marina. Era bello da non resistergli, in quella parata solitaria che non tardò ad attirare l'attenzione di dona Amalia.

La moglie di don Carmine Ispunzale non aveva figli. Passava il tempo ad annoiarsi al pianoforte, a ricamare uccellini per le federe e le lenzuola. Don Carmine era così geloso di lei che non la faceva uscire manco per andare in chiesa alle feste comandate.

Un pomeriggio che il marito era partito a Bàrdulos per vendere bestiame, si legò i capelli sulla nuca e scese in strada, facendo finta di spuntare i garofani che colavano a cascate dalle finestre del primo piano. Anchisu scese da cavallo e legò la bestia al cerchio di ferro che ciondolava sul muro della facciata.

Non si scambiarono parole. Si incontrarono prima i loro sguardi poi i loro odori: profumo di gelsomino passito sulla pianta, di cuoio appena conciato e foglie di mandarino. Si buttarono nel letto a baldacchino come ubriachi, e si alzarono stanchi per il piacere consumato in fretta. Prima, durante e dopo, neanche una sillaba, solo mugugni e lamenti. Si lasciarono nello stesso modo in cui si erano incontrati, guardandosi negli occhi, scambiandosi odori di lenzuola e stracci chiusi nel comodino.

Il frutto selvatico di quell'amore rubato a don Carmine si gonfiò nella pancia di dona Amalia come un impasto di pane lievitato. Al quarto mese, quando il danno non si poteva più nascondere, don Carmine la fece abortire a calci.

«Chi è lo sfrontato, ah? Dimmi chi è perché lo scanno e lo appendo al campanile della chiesa grande! Tutti devono vedere che fine fa chi disonora Carmine Ispunzale!».

Di quei colpi e di quel dolore, dona Amalia ne morì dopo qualche tempo, ma non fece mai il nome di Anchisu. Fu tzia Giuditta Sacchetta a tradirlo, in cambio di due capre da latte e un quaglio. Mentre si recava alla prima messa, aveva visto la cavalla legata e Anchisu uscire dal portale con le gambe balla balla.

Don Carmine pagò due sicari per fargli tagliare la testa con la scure e il batacchio a coltello:

«Mettete le due teste di quel bastardo in un sacco e portatemele qui prima di domani!».

Abante e Corittu andarono a cercare Anchisu nella sua casa vicino al fiume. Quando bussarono la porta si aprì da sola. Dentro non c'era nessuno. In un angolo, un lume acceso, il letto ancora fatto, l'orinale, scarpe vecchie. Sentirono una voce che li chiamava, ma non fecero in tempo nemmeno a voltarsi. Una nuvola di piombo li investì e li scaraventò al muro. Anchisu li tirò per i piedi e li buttò in acqua, nella piscina del salto di Paparedda.

Nello stesso momento in cui partirono le fucilate, don Carmine sentì una fitta al petto:

«Oh dimoniu! La sera non lo digerisco mai il sanguinaccio di pecora con la menta puleju!».

Barcollò verso l'acquaio di granito e ci cadde con la testa. Con la mano indurita dallo spasmo riuscì ad aprire l'acqua. Nello scolo che dava alla strada, per tutta la notte uscì acqua e sangue.

Anchisu, da quella volta, mise la testa a posto e tirò su famiglia. Da Afidina Errules ebbe nove figlie, e per ringraziare Dio di essere scampato a morte certa la prima la fecero rinchiudere nel monastero delle Clarisse di Piscopio.

Questa storia, a Beneitta Trunzone, non la raccontò mai nessuno. Cresceva bella che rosa e le piaceva stare tutto il giorno al sole, come le lucertole. Fosse stato per lei, avrebbe passato la vita a giocare con le bambole, a inseguire i camion che passavano per strada, ad ascoltare musica a tutto volume alla radio e a ballare in compagnia dei bambini del vicinato.

Quell'abito da suora, che la rendeva simile a una rondine con le corna, proprio non le piaceva. Con la crescita, glielo facevano nuovo ogni due anni, poi, quando arrivò il ventesimo compleanno, lo festeggiarono come un matrimonio. E le dissero di prepararsi:

«È venuta l'ora di darti a Dio, Beneì!».

Lei avrebbe preferito darsi a Bustianu Chitarra, che ballava il rock and roll e vestiva come il cantante dei Beatles, stivaletti lucidi di capretto e giacche alla coreana. Aveva in testa *Yesterday* e odiava i canti del coro quanto il suo mestruo doloroso e abbondante. Ma non c'era niente da fare, per i Trunzone così era stato, così era, così sarebbe stato sempre, per l'eternità. Il giorno fissato per la partenza, Beneitta sentì la Voce:

«Ajò! Preparati, che il tuo tempo è scaduto!».

Indossò l'abito da suora, si chiuse in camera sua e accese il giradischi a tutto volume. Dòn, dariradidòn doròn. Mise sul piatto *Day Tripper* e fece il suo ultimo viaggio, appesa con una corda all'anta del mobile. Dòn, dariradidòn doròn. Beneitta Trunzone preferì morire con quella musica nelle orecchie piuttosto che aspettare la morte in clausura. Era di luglio e correva l'anno millenovecentosessantotto. In televisione protestavano gli studenti e gli operai. Ad Abacrasta, dove il cuore del tempo era di pietra, io registravo il quinto suicidio dell'anno.

6
GENUARIO CANDELA

Genuario Candela era rimasto vedovo a novantanove anni. Gli mancava qualche mese per arrivare a cento, e per onorarlo, nonostante il lutto fresco, figli, nipoti, pronipoti e parenti d'entratura si buttarono nei preparativi della festa grande.

A Luisedda Corrasi se l'era portata via un male oscuro, dopo averle mangiato la polpa e le ossa. Il giorno del funerale, quando chiamarono Gigi Trumbone a chiudere la bara, era ridotta a niente, ci poteva stare tutta in un secchio. Solo la faccia le era rimasta intatta, con le labbra rigate dal dolore, la bocca sdentata, i capelli color cenere e gli occhi blu di mare profondo che nessuno era riuscito a chiudere. Il resto del corpo sembrava sbeccuzzato dalle galline.

Genuario la pianse come un bambino, e da quel giorno non riuscì più a sorridere. Prima metteva di buon umore solo a guardarlo, col suo pancione teso dentro il groppète di velluto e la risata sempre pronta per ogni occasione. Tziu Genuario spillava acqua dal deserto, riusciva a trovare il lato comico anche nelle tragedie della vita. Quando si era impiccato

Valeriu Cambuzu, con una cinghia fatta da lui, sentenziò:

«Era meglio se lo lasciavo in mutande! Le cinghie sono per chi sa portare i pantaloni!».

La mattina che trovarono Taniella Calasciu bruciata nel suo letto tziu Genuario, con due clienti che si stavano prendendo la misura delle scarpe e sostenevano che l'incendio fosse partito da una candela che teneva accesa sul comodino, disse la sua senza peli sulla lingua, com'era d'abitudine:

«Ma quale scintilla e scintilla! A quella il fuoco gli è scappato dalle gambe! Ma non ve la ricordate che era sempre rossa, come se avesse nelle guance il fuoco di Sant'Antonio?».

I più giovani andavano nella sua bottega per farsi raccontare storie di anime dannate e barzellette sconce. Ne aveva un repertorio infinito. Volendo, ne finiva una e ne iniziava un'altra, senza interrompere. Io ho sempre avuto il dubbio che le inventasse al momento, perché non erano mai le stesse, cambiavano i luoghi, le situazioni, i personaggi.

Cattivo non era cattivo, tziu Genuario. L'abitudine di canzonare il prossimo gli era rimasta da quando si era bruciato la lingua con la soda caustica. Era d'agosto e si crepava dalla calura, la pelle esplodeva da ogni poro. Con gli occhi velati dal sudore, aprì il mobiletto dove nascondeva la fiaschetta dell'acquavite per dissetarsi e, per sbaglio, prese quella della soda diluita che usava per scrostare gli utensili dalla pece. Maledisse tutti i santi e le madonne e, da quel giorno, ad Abacrasta, lo chiamarono Brujore.

La sua bottega era di fronte alla chiesa di Santu Predu, sul piano rialzato della casa. C'erano stagioni che entravano più cristiani a calzarsi da tziu Genuario che femmine a confessarsi dal parroco. Vacchetta buona, manodopera di prim'ordine, risultato garantito. Nonostante la concorrenza dei Cordiolu, padre e figlio anche loro, i clienti venivano da tutta la provincia e dal resto dell'isola. Dove c'era letame di pecora c'erano i loro cosinzos, dove c'era l'abito di fustagno o velluto c'erano anche le loro cinghie decorate, con la fibbia di bronzo e le iniziali del proprietario.

Ultimamente, con la scusa dell'etnia e dell'identità, la moda dei cosinzos e del velluto si era allargata, dilagava anche nelle città di mare. Ad Abacrasta arrivavano a frotte politici e giornalisti, cantanti e calciatori, gente con i piedi bianchi e il culo da gagà, che le greggi le aveva viste solo in cartolina o alla televisione. A un casteddaio, tziu Genuario lo aveva detto in faccia:

«Ma cosa se ne fa lei di scarpe come queste? Lei sta al mare, mica deve mungere le pecore. Dovrebbe andare in giro scalzo o con i sandali!».

Il lavoro aumentava, ma tziu Genuario non voleva sentirne d'ingrandire bottega.

«Così l'ho conosciuta, così rimane!» diceva ai figli. «E anche quando me ne andrò, non voglio che ci aggiungiate un chiodo! Niente macchinari né tomaie già pronte! Continuate a usare le mani, che sono quelle che danno il pane buono!».

Ad Abacrasta la bottega di tziu Genuario era più frequentata della biblioteca, era il vero centro culturale del paese, dove si parlava di furti di bestiame, di morti male e annate cattive. Fino alla morte di Luisedda, lui continuava a sestare e a lavorare di trincetto come un giovanotto. Poi non toccò più niente. Saliva dalla casa alla bottega, passando per la tromba interna di una scala che si era fatto fare da Pinzitta, uno dei mastri ferrai. Guardava gli attrezzi come cose morte. I rotoli di spago, le lesine, le pelli appese, le formelle di legno, le raspe, i martelli, le tenaglie non gli parlavano più, erano rimasti senza voce. Non c'era più il tanto di vivere così, non ne valeva la pena.

La mattina che i figli andarono a svegliarlo per la

festa grande del centenario, trovarono il letto sfatto e un biglietto scritto a lapis.

«Adiosu! Vado a raggiungere vostra madre».

Non aveva chiesto perdono, non aveva scritto altro, solo quelle poche parole, prima di seguire la mano invisibile della Voce. All'alba, quando nella bottega l'odore della vacchetta e della gomma era ancora chiuso tra le mura, aveva tagliato una lunga striscia di cuoio per annodarla al corrimano della ringhiera. Poi, chiamando la moglie a voce bassa, si era lasciato andare a corpo morto nella tromba delle scale.

«Luisè! Luisè! Fatti bella che sto arrivando!».

7
LA SUGHERA DEI CAMBALEDDOS

I fratelli Cambaleddos li chiamavano così anche da grandi perché da piccoli andavano in giro coi gambali. Rimasero orfani di padre e di madre dopo un incidente stradale. Boelle e Cadirina li aveva messi sotto un autotreno, mentre andavano all'orto con la motocarrozzella. I figli riuscirono a identificarli a fatica, perché la madre portava un anello con uno stemma a forma di ghianda e il padre gli incisivi d'oro.

Boelle Camandula, quando era vivo e rideva, sembrava un gatto selvatico pronto a sbranare qualcuno. Eppure di carattere era buono come il pane, si lasciava strumpare a terra dai nipotini come una sacchetta. Era stato una vita minatore a Oropische, e da vecchio se n'era tornato ad Abacrasta, a fare l'orto di Cumideri e preparare arnie di sughero per gli apicoltori. D'estate annaffiava due volte, di mattina presto e di sera. La giornata la passava tra i solchi, a medicare, radicare, legare, raccogliere. Durante le ore più calde si sedeva sopra un lastrone di pietra, dietro il muro della casetta, e lavorava le plance a raspa e coltello.

Partiva quando il sole era ancora addormentato, dopo aver buttato nel fondo della bisaccia le sfoglie di pane, un tocco di formaggio, una fetta di pancetta, il bidoncino del vino. Caricava Cadirina in cassetta e via, con la motocarrozzella che scoppiettava, mischiando l'odore della miscela a quello della laddara delle capre. Trò trò trò trò trò, sembrava scorreggiasse, nella salita di Sos Lacheddos.

D'inverno vangava e concimava con letame stagionato; riparava la terra dal troppo sole e dal vento freddo con stuoie di canna; piantava carote, cardi, porri, ravanelli, finocchi, cicoria; potava la vite del pergolato e gli alberi di arancio, cimando le chiome, togliendo polloni e succhioni con la punta delle dita.

Boelle e Cadirina erano così felici che non sembravano neanche nati ad Abacrasta. Il destino con loro era stato tenero, aveva largheggiato. Otto figli, quattro maschi e quattro femmine, tutti sani e belli da poter partecipare a un concorso. Ben sposati, sistemati negli uffici, negli ospedali, nell'industria della piana di Ordolai. L'idea di emigrare, di cercare il lavoro altrove, come facevano in tanti, a loro non gli era mai passata per la testa. A loro il lavoro li aveva cercati, la vita li aveva baciati in fronte, creando, com'era inevitabile, qualche invidia e qualche malumore.

«Razza di culo che hanno, quelli di Camandula, non ce n'è uno a spasso! Chissà cosa hanno fatto mai, per avere tanta fortuna! Appoggi ci sono, lì! Appoggi!».

Boelle, che era credente e praticante, ringraziava ogni mattina il Padreterno per essersi mostrato generoso con la sua famiglia. A tavola, prima del caffellatte, recitava sempre un pensiero per il Signore. Il giorno che non fece in tempo a rivedere la notte si era messo a mani giunte di fronte alla moglie e aveva pregato:

«Guidaci anche oggi, o Signore, verso la via diritta e sicura che conduce al tuo Regno eterno! La tua vita è la nostra strada: alla luce della tua santa sofferenza noi camminiamo verso di Te, che sei nostra corona».

Boelle Camandula aveva fama di uomo che capiva la voce delle stelle. Quell'alba che erano ancora tutte accese in cielo come lucciole, provò ad ascoltarle, ma non gli dissero niente di preciso. Sentì un'altra voce, che veniva da più lontano e parlava una lingua sconosciuta.

«Alè! Alè! Ajò!» intercalava ogni tanto.

Più tardi li raccolsero dalla strada che sembravano stracci sporchi. Sull'asfalto chiazze d'olio e di sangue che luccicavano. Pezzi di scarpe, la visiera di un berretto, lamiere, una mano, un'immaginetta del Corpus Domini.

Un mese dopo i funerali, i Cambaleddos si riunirono tutti nella casa dell'orto di Cumideri. Si erano dati appuntamento lì per il trigesimo, dopo la messa di commemorazione in chiesa. Era una sera di maggio. Nel calendario di Frate Indovino gli astri segnavano gioia e fortuna. Rimasero chiusi dentro fino a quando la luna non si affacciò come una grande savada sulla collina. Quanto si dissero in quelle ore, a nessuno è dato sapere, perché in giro non c'era anima viva e in cielo volavano solo otto barbagianni. Il loro grido notturno metteva paura, raschiava la pelle come la lama di un rasoio.

I Cambaleddos, in fila come chierichetti, puntarono verso l'Altopiano degli Asfodeli, dove si dice che le anime dei suicidi svolazzino tramutate in pipistrelli. Al centro dell'altopiano troneggiava un'enorme sughera con otto braccia. A suon di musica, le chiome fiorite degli asfodeli iniziarono a danzare e, uno per volta, aiutandosi a vicenda, i Cambaleddos salirono sulla sughera.

Ad Abacrasta si racconta ancora in giro che il più piccolo, Ettorinu, prima di buttarsi con la fune al collo ebbe un attimo di esitazione e domandò agli altri:

«Ma perché lo facciamo?».

«Perché così rinasciamo! Tonto!» gli rispose Dittinna, la sorella più grande.

Li trovò Bitheddu il capraio, appesi alle funi attorcigliate, che giravano nell'aria accompagnati dalla melodia di un carillon. Quando me lo comunicò per telefono il procuratore della Repubblica in persona, non credetti alle mie orecchie, pensai a uno scherzo di cattivo gusto. Per sincerarmene, prima che la voce si spargesse in paese, andai a piedi fino all'Altopiano degli Asfodeli. I carabinieri li avevano stesi per terra e coperti con lenzuola bianche. Da lontano sembravano macigni di talco.

8

BANTINE PICA, IL SINDACO

«In relazione al disposto dell'art. 144 dell'Ordinamento dello Stato civile, approvato con R.D. 9/7/1939 n. 1238, si comunica che in data odierna 3 luglio 1978, in località Piazza Su Cumbentu, nel balcone centrale del Comune di Abacrasta, è stato rinvenuto il cadavere di persona identificata per Bantine Pica, fu Giasone, nato a... Visto l'articolo 16 della D.A. del C.C.P., se ne autorizza la sepoltura».

Bantine Pica era nato ad Abacrasta un giorno che dal cielo veniva giù acqua e fango. La madre, allappando i denti, spremeva sudore aspro sul cuscino e il padre finiva un solitario in cucina, scoprendo le carte con le unghie. Quando uscì la carta del re di denari entrò la maestra di parto, gracchiando come una ghiandaia incollata al vischio:

«Maschio, Giasò! Maschio! Appena finisco di lavarlo vieni a vederlo! Una prenna è! Un vero gioiello!».

L'orologio del campanile rintoccò cinque volte. Giasone spense il mozzicone nel bicchiere del vino rimasto a metà e, lentamente, si alzò per avvicinarsi alla finestra. Si sentiva i muscoli allascati e la bocca bruciata, come se avesse mangiato cenere calda.

La pioggia disegnava sui vetri uccelli di fango, che aprivano le ali un istante e poi colavano in una lacrima sporca sul davanzale. Da tre giorni era così! Mai visto un mese di luglio così merdoso. Tre giorni e tre notti che il cielo non smetteva di spurgare sangue, e Telesia che non riusciva a partorire. Annata mala, quella del 1935.

La vescica gonfia lo costringeva a stringere le gambe. Aprì la porta di scatto e uscì a fare acqua sotto il loggiato. Poi, contando i passi, tornò in casa e arrivò fino alla camera da letto. Quarantatré passi.

«Questo è bambino che dura quarantatré anni!» pensò tra sé. «Neanche un giorno di più!».

Giasone Pica era un pastore che credeva alle fatture e alla predestinazione, come molti abitanti di Abacrasta. Un giorno che Alipinta la maghiargia gli disse che un fulmine gli avrebbe ucciso dodici pecore, la mandò a quel paese in mala manera. Dopo il temporale andò all'ovile e trovò dodici pecore morte, bruciate e a pancia in su.

Un'altra volta gli disse di stare attento, di prepararsi a un'annata cattiva, perché la sua provvista di formaggio sarebbe andata in pasto ai vermi. Tempo un mese e trovò nella cantina solo un palmo di vermi grossi un dito. Da allora imparò anche lui a leggere i segni premonitori del destino.

Si sposò di febbraio, sotto la neve, con il vestito nero, tre sassi in una tasca e nell'altra un ramo di pungitopo e uno di corbezzolo. Prima di andare a prendere la sposa si guardò a lungo alla specchiera e cantò nove volte una filastrocca:

Sa mela 'e vrusciu
m'achet su tusciu

sa mela 'e lidone
lardu mi ponete.[1]

Giasone prese il figlio tra le braccia e lo baciò in fronte.

«Sei bello come un re di denari!».

Il bambino strabuzzò gli occhi come se avesse capito, poi iniziò a vagire, seguendo col suo lamento il ritmo della pioggia.

«Se non hai niente in contrario, lo chiameremo Costantino, come l'imperatore romano».

«La tua volontà è quella che conta in questa casa, Giasò. Ma forse è meglio chiamarlo Bantine, alla sarda. Cosa dici?».

«Dico che va bene» rispose lui.

Giasone tornò in cucina, finì di scolarsi il vino dalla bottiglia e, con le carte strette in mano, uscì sotto la pioggia, in cerca di compagnia per il primo tressette della giornata.

Così venne al mondo Bantine Pica, tra vino, tabacco, carte, sudore, fango e imperatori romani.

Bantine venne su forte di braccia e di testa. A undici anni aveva le spalle di un comodino e i muscoli duri come nodi di leccio. Portava gli occhiali per via della guardata storta, che lo costringeva a scrutare il prossimo e le cose con meraviglia. Era talmente intelligente che i genitori furono costretti a mandarlo all'università.

Già da piccolo si divertiva, con barattoli, fil di ferro e altri ingranaggi, a costruire teleferiche e mulini ad acqua. Era preciso in ogni cosa che faceva: nel mangiare, nel vestire, nel camminare, nello studio, nel gioco delle carte. A briscola, scopone e tressette non sbagliava mai una virgola. Si ricordava a memoria le carte che avevano giocato gli avversari, ne stu-

1. Il frutto del pungitopo / mi fa tossire / il frutto del corbezzolo / mi mette lardo.

diava le mosse e, a fine partita, per loro non c'era scampo.

Il vizio delle carte lo aveva ereditato dal padre, che gliele mise in mano quando era ancora nel girello. Con le carte Giasone gli insegnò i numeri, i colori, le prime parole. Nascondeva il mazzo dietro la schiena, poi, a una a una, gliele metteva in punta di naso e le calava sul desco del girello.

«Cos'è questa, figlio mì?».

Lui rispondeva sillabando:

«Atthu, bà!».

«E questa?».

Bantine spostava lentamente il dito sulla carta, come se fosse una bacchettina: «Ba to ro!».

«E quest'altra figura?».

Bantine sorrideva, lasciando impazzire gli occhi, che roteavano per conto loro, come se non fossero suoi:

«Thu re, bà!».

Ogni volta che indovinava quella carta, Giasone gli accarezzava la nuca.

«E bravo il mio bambino! Ricordati sempre che questo è il RE di denari, il tuo RE!».

Bantine poggiava la punta dei piedi sul girello e lo faceva andare come una trottola.

Alle elementari, in matematica, scienze e geografia non lo batteva nessuno, neanche la maestra. Mastra Ciccina diceva al direttore e ai genitori che Bantine era un «superdotato», un bambino predisposto al calcolo, al ragionamento, alla logica. Forse anche per questo gli altri bambini non lo potevano manco arrampanare. Mastra Ciccina stravedeva solo per lui, gli altri, i Pulicò, i Corvittu, i Candela, i Graminzone, non esistevano.

Michelittu Tapiceddu, che era più dotato tra le gambe che di testa, durante una lezione di geometria glielo disse guardandola in faccia:

«Lei, signora maè, se fosse stato grande, a Bantine se lo avrebbe anche coddato!».

Per quella battuta lo sospesero a vita da tutte le scuole d'Italia.

A diciassette anni Bantine progettò e costruì un gruppo di spaventapasseri meccanici per scacciare gli uccelli dai campi e dalle vigne. Si servì di una batteria, tubi di canna imbottiti di polvere nera, fili elettrici, cuscinetti, pezzi recuperati da una vecchia moto. Il sindaco lo segnalò alle autorità e gli assegnarono una borsa di studio. Con quella si iscrisse all'Università di Calaris e ne uscì ingegnere.

Allora un ingegnere contava quanto un generale, non era mica come adesso, che ne trovi uno disoccupato a ogni angolo di strada. Progetta che ti progetto, si studiò anche il modo di diventare sindaco. Abacrasta, in quel periodo, era collegata agli altri paesi solo da due lingue di strada bianca e un postale. Lui propose un ponte a pilastri e l'asfalto, e con quell'idea si fece sindaco e ricco. Da Abacrasta a Noroddile si arrivava in un quarto d'ora, roba da non crederci.

La malattia ereditaria era comunque in agguato, come un cane furbo che morde e non abbaia. Bantine più guadagnava più spendeva, soprattutto nel gioco delle carte. Il vizio del poker gli era entrato nel sangue come una leucemia. Gli oppositori politici, quelli della lista «Spiga e progresso», lo chiamavano con sarcasmo il Re di Denari per il numero degli appalti che dirottava al suo studio, intestato a un geometrino sconosciuto. Femmine neanche ne guardava, sognava solo scale, full, poker, colore.

Da qualche tempo, però, la fortuna gli aveva voltato le spalle. Iniziò a perdere, prima piccole somme, poi cifre grosse. Una notte, nella vecchia aula consiliare dove si riuniva con altri giocatori, perse anche la casa e lo studio. Fu sul punto di giocarsi anche la laurea.

«Vedo e copro con questa!» disse ai sodali di fronte a un piatto grosso. Buttò sul tavolo con stizza la pergamena arrotolata.

«Con quella, signor sindaco, può a malapena pulirsi il culo!» gli rispose, togliendosi la cicca dalla bocca, Umbertino Bagolaj, un maestro di muro diventato imprenditore, che a Noroddile aveva quaranta dipendenti ai suoi ordini. Erano in quattro: lui, Bachis Gaghisi il medico, l'avvocato Bumba e Umbertino Bagolaj. Gli altri tre erano tutti della stessa cricca e dello stesso partito, compagni di bisboccia e amici negli affari.

«Veda, piuttosto, di far entrare i terreni che ho comprato a Sas Mandras nel nuovo piano regolatore, se vuole riavere indietro la casa e l'onore!».

I terreni di Sas Mandras erano adibiti a pascolo, duecento ettari ai confini con Noroddile, di fronte al capoluogo.

«Pensi che razza di quartiere residenziale ne viene fuori! Ville e giardini per funzionari, professionisti, commercianti: un paradiso a un passo dalla città!».

Bantine si fece scuro in volto e per un attimo non vide più niente, come se fosse andata via la luce.

«Ma lo sa cosa diranno, ad Abacrasta, quando sapranno che si è giocato tutto a poker? Finalmente si è tolto la maschera il Re di Denari! Così diranno. Il nostro sindaco si è rivelato per quello che era, unu manicantinu iscellerau, un biscazziere, uno che per coprirsi al gioco butterebbe sul tavolo anche la madre!».

«Ci pensi alla nostra offerta, Bantine! Ci pensi per il resto della notte, che mancano due ore all'alba. Casomai chiami nel mio studio di pomeriggio, che di mattina ho udienza» aggiunse l'avvocato Bumba.

«Così non sbatte il culo a terra e rimane anche sindaco!» concluse dottor Gaghisi.

Bantine tornò a vedere ed ebbe uno scatto improvviso di dignità. Spazzò con una manata le carte, le fiches, i portacenere, i bicchieri vuoti.

«Tutti fuori! Fuori, ho detto! Sparitemi dagli occhi!».

Bantine Pica rimase da solo, e la luce andò via veramente. Chiuse le palpebre e cercò di sognare qualcosa di buono. Sentì la musica di un organetto e lo scalpiccio di scarpe ferrate che si avvicinavano. Riorroi riorroi, riorroi riorroi. In un attimo fu circondato da una folla di persone mascherate che indossavano i costumi delle carte da gioco. L'unico a faccia nuda era il suonatore di organetto, che aveva le spalle larghe quanto un armuà e gli occhi storti, infiammati dall'acquavite e dalle lacrime. Riorroi riorroi, riorroi riorroi. Suonava e danzava, sollevando una gamba come un cane che deve pisciare. Riorroi riorroi, riorroi riorroi. Mise il piede su una sedia, poi, senza smettere mai di suonare, con un colpo di reni salì sul tavolo. Riorroi riorroi, riorroi riorroi. Sputò qualcosa per terra, si pulì le labbra con la lingua e domandò:

«Chi di voi è Bantine Pica, il Re di Denari?».

Bantine ebbe un attimo di perplessità, poi, visto che tanto era dentro un sogno, rispose:

«Io sono!».

Per convincere il suonatore della sua identità gli mostrò pure la patente.

«Vede?».

Il suonatore sfreddò gli occhi e li fece diventare tutti bianchi, come biglie di neve indurita. Si era morsicato il labbro superiore e un filo di sangue gli colava sul mento. Lo leccò e sputò di nuovo per terra.

«Ajò! Preparati, che il tuo tempo è scaduto!» disse rivolgendosi a Bantine.

L'eco di quella voce lo seguì fino al piano superiore, dove aveva l'ufficio. Lì Bantine chiuse la porta e cercò la fune nel cassetto della scrivania. Mise una sedia sopra l'altra e arrivò con le mani fino al gancio del lampadario a palla. Preparò il collare e si lasciò andare dando calci. Sdràààmmm! Dal soffitto si staccò una fetta di cemento e calcina, e Bantine cadde per terra insieme al lampadario.

Si spolverò la giacca e recuperò la fune. Aprì la porta finestra e si affacciò al balcone. L'aria era umida e fresca. Durante la notte era venuta giù una pioggerellina sottile come raspatura di ferro. Il mattino si preparava a spuntare, terso come la faccia di un bambino appena lavato. Era il giorno di San Tommaso Apostolo.

Da dietro la collina di Istellazzos il riverbero del sole iniziava a inondare i campi, le vigne, gli oliveti. Nella piazza sottostante una vecchia vestita di nero aspettava il primo postale per andare chissà dove. Bantine legò la fune all'asta della bandiera che sventolava sul balcone e si calò giù. L'orologio del campanile batté la quinta ora e le strade di Abacrasta iniziarono a riempirsi di voci.

«Aiutoriu! Aiutoriu!» urlava la vecchia, girando intorno alla piazza come una matta.

«Altra disgrazia?» domandava la gente, buttata dal letto.

«A chi è toccato?».

«In quale vicinato?».

«Di quali è?».

«Su sindicu?».

«Hi, Oddeu Oddeu!».

9
BORANZELA CORO 'E CANE

Boranzela Coro 'e Cane ad Abacrasta la chiamavano così perché non dava acqua a povero. Aveva ereditato un patrimonio in tanche e palazzi, ma non si era mai sposata. In vita sua non aveva mai diviso niente con nessuno, né il letto né i beni. Da bambina giocava da sola, con bambolotti che parlavano e cantavano, carrozzine di ferro verniciate, casette che sembravano vere. Aveva una stanza piena di giocattoli, ma non ne prestava uno manco a pungerla.

«I giocattoli costano!» le diceva mama Zacinta. «Conservali per i tuoi figli, che non si sa mai come gira il tempo!».

Il tempo, per Tilone Arvada e Zacinta Bundale, girò male, e Boranzelina rimase orfana a sei anni. Una sera che lei andò a dormire da tzia Lavretha per farle compagnia, dimenticarono il gas della cucina aperto e venne giù mezzo vicinato di Ispinasanta. Solo pietre nude e calcinacci rimasero di quella casa. Da allora, i parenti sopravvissuti l'adottarono come una figlia, aiutandola a crescere perraliosa e ignorante.

La scomparsa dei genitori la lasciò del tutto indifferente, Boranzela era già scorbutica e lunatica di suo. Per ottenere quello che voleva non aveva mai dovuto stropicciare i piedi per terra. Chiedeva e basta. Voglio questo, voglio quello e quell'altro. Li comandava tutti a bacchetta, con la scusa che era figlia unica e aveva uno stuolo di zii e zie, non sposati per scelta. Se qualche volta le dicevano di no, toglieva una lametta dal gonnellino e minacciava:

«Oh! Mì che mi ammazzo! Guardate che non brullo!».

I parenti si cagavano di paura e compravano. Compravano di tutto, anche cose inutili. A quindici anni aveva già un corredo da far invidia a una principessa. Lenzuola, asciugamani, tovaglie, vestiti, posate, servizi di piatti in ceramica fine, bicchieri di cristallo, scarpe, scialli ricamati a mano con fili d'oro e d'argento. Dodici di tutto, più i gioielli e la mobilia in castagno, ordinata da Tonino il falegname e pagata in anticipo. Per la casa, doveva solo scegliere tra quelle del vicinato di Melas Ruias, Sos Poetas, Limbichìchinos, Sas Damas, Animeddas, Sos Molentes.

Compravano di tutto i parenti di Boranzela, tranne libri e riviste, che quelli portavano machighine e mettevano la testa a pensare. I soldi, gli Arvada, li avevano sempre fatti a forza di braccia e a roncolate, e se non bastavano si arrivava anche alle fucilate, che quelle sì che facevano ragionare la gente, altro che i libri e le parole. Tutti i terreni di cui erano diventati proprietari, partendo dalla misera tanchitta di Muscatellones, li avevano espropriati con la minaccia e col ricatto.

A Talibiu Cheronza avevano sgarrettato le vacche, a Egidiu Pilastru sgozzato le pecore, a Teodosiu Bullica sparato alle gambe per lasciargli il segno e inchiodarlo al letto fino alla morte.

Degli Arvada, Boranzela aveva ereditato anche la

fierezza e lo sprezzo del pericolo. Fino a vent'anni rimase gracile e mingherlina da far paura, sembrava una morta di fame. Faceva un pasto al giorno nel tardo pomeriggio. Di mattina beveva solo acqua di fonte, accompagnandola con una cucchiaiata di zucchero, così a pranzo e la sera. Quando si sedeva a tavola, verso le sei meno un quarto, mangiava sempre la stessa cosa, una sfoglia di pane crasau, una fetta di casizzolu, un uovo crudo e un frutto di stagione. La mela era il suo frutto preferito, soprattutto quando era ancora dura e acerba. La mangiava intera con la buccia, a morsi, e alla fine sputava solo i semi. Per quelle sue abitudini alimentari le zie la ossessionavano.

«Mangiati un po' di carne e beviti un bicchiere di vino, che ti mettono polpa e colore!».

Lei niente, manco a sentirne. Mangiare carne lo considerava un peccato mortale.

E così andò avanti, fino al giorno del battesimo di Coseme Frighinias, al quale fece da madrina insieme a Lucianu Gardulinu. Durante il pranzo della cerimonia il nuovo compare la convinse ad assaggiare una fetta di prosciutto di cinghiale.

«Ajò comà, assaggiatela, che questa è carne di bestia dannargia e il Padreterno non vi dice niente!».

Boranzela la mise in bocca con diffidenza e non la masticò subito. La tenne tra la lingua e il palato e iniziò a succhiarla: era dolce e si squagliava con la saliva, come zucchero in pietra.

«E cosa vi sembra, comà? Buono è?».

Se ne fece tagliare un bel po' e lo mangiò accompagnandolo con pezzi di pane asciutto.

«Chi l'ha preparato?» domandò alla fine, facendosi versare un bicchiere di vino.

«Ilariu Lathone, il cacciatore di frodo» rispose Lucianu.

Dopo la mangiata di quel battesimo, ogni volta che incontrava Ilariu a Boranzela le veniva l'acquolina in bocca, la notte faceva strani sogni e si svegliava al mattino tutta agitata.

«Ohi mama, cosa mi sta succedendo?» si domandava.

Le stava succedendo che si era innamorata e non poteva amare, perché aveva fatto voto che la sua roba doveva seguirla nella tomba:

«Niente a nessuno lascio! Male che vada, intesto tutto di nascosto a qualche sconosciuto di Noroddile. Quelli di Abacrasta non si meritano manco acqua!».

Il suo paese e gli abitanti li odiava a morte. Lei avrebbe voluto nascere in un posto di mare, passare il tempo a nuotare come un pesce e uscire dall'acqua solo per dormire. Per non darsi a Ilariu e per disperazione, prese a mangiare senza regole, e in poco tempo s'ingrassò come una scrofa. Non le stavano più i vestiti, non le entravano neanche le scarpe. Gli occhi si erano rimpiccioliti, schiacciati nelle orbite dal lardino roseo delle guance. Le mani sembravano pagnotte e le gambe le muoveva senza sollevarle, quasi strisciando per terra. Dalle spalle fino all'attacco del culo somigliava a un bidone di latta, di quelli che ancora si usano per bollire le bottiglie dei pomodori. Coricarsi le era diventato una fatica e alzarsi una dannazione. Non riusciva più a piegarsi per fare i bisogni, e quando le veniva il mestruo si faceva mettere i panni dalla tzia.

Tzia Lavretha era preoccupata e glielo diceva:

«Mì che così ti stai uccidendo lentamente, Boranzelè! Datti una regolata, che se no fra poco non passi più nella porta di casa!».

Lei se ne stava zitta, era arrivata al punto che apriva la bocca solo per masticare. Per non affaticare le mandibole si era presa l'abitudine di mangiare solo cose morbide: uova sbattute nel marsala, budini, purè, banane, datteri, marmellate, cioccolata, ricotta, miele, bignè, zuppe di ogni genere. A venticinque anni pesava centoquindici chili, quanto una vitella da macellare.

La notte continuava a fare strani sogni, e la mattina il letto era sempre allagato di una schiuma rosa, densa e liscia come lo sciampo. Al posto della rete metallica, che aveva sfondato, avevano messo un tavolaccio spesso quattro dita. La domestica che la accudiva nella casa di Sas Damas, dove era andata ad abitare da sola, doveva anche cambiarle le mutande e pettinarla.

A quarantotto anni non c'era bilancia che la pesasse, neanche quella della farmacia. A pelo, come si faceva con le bestie, tziu Mialeddu Bistecca le disse che stava per avvicinarsi ai due quintali. Venne un giorno che non riuscì più ad alzarsi. Provò a drizzare la schiena e si accorse che un'incudine la tratteneva al materasso. Si mise a piangere e, per consolarsi, si fece portare un vassoio di paste alla crema:

«Dodici di ogni tipo!» raccomandò a Rosedda.

Iniziò a crescerle anche una peluria biondiccia, corta e sottile come fili di seta. Da Tuniedda Pullache, una che andava a visitarla per carità, si fece portare un rasoio per uomo di quelli di marca e una scatola di lamette.

«Mì che più li tagli e più crescono!» le disse lei.

Boranzela tanto insistette che non ci fu niente da fare.

Nell'ultimo sogno che fece, lei era la dea del mare, che cadeva dall'alto di uno scoglio tra le braccia di Ilariu Lathone. Nuotavano insieme per raggiungere un'isola vulcanica e ogni volta che si avvicinavano alla riva una pioggia di fuoco li respingeva lontano. Durante quel sogno, dalla bocca del vulcano uscì la Voce:

«Ajò! Ajò!».

La mattina che Rosedda la trovò svenata, la camera da letto sembrava un paiolo di sangue. Sopra uno dei comodini aveva lasciato in bella vista un foglio, scritto con calligrafia incerta e infantile. Era il suo testamento. Dopo l'elenco dei beni e dei soldi depositati in banca e alla posta, la nota finale:

«In pieno possesso delle facoltà di intendere e volere, tutto questo lascio in eredità a Ilariu Lathone...».

Quel gesto a Boranzela Coro 'e Cane la nobilitò più di una vita spesa a far del bene. Il giorno del suo funerale, ad Abacrasta la piansero tutti come una sorella. Io lo dissi anche agli amici:

«Mischina! In fondo non era cattiva come sembrava. Forse meritava una morte migliore!».

10
CHILLEDDU MALEVADAU

Chilleddu Malevadau era nato sordo, cieco e muto, tre disgrazie in una, come se già non bastasse quella di vivere. La madre, Adelasia Galanzu, aveva fatto voto di verginità, per sdebitarsi con Santa Lucia, che le aveva restituito la vista dopo una disgrazia. A tredici anni, durante la festa della Santa Patrona, si era messa a giocare coi maschi, che accendevano petardi e li infilavano dentro i tubi di scolo dell'acqua per fare il botto. Lei saltava come una capretta, rideva, mostrando i denti nuovi di madreperla. Pum! Pum! Pum!

Prima di tornare a casa se ne fece dare uno da Giuvannicu Bitta, per spararlo da sola. Lo accese con un fiammifero e lo infilò dentro un fiasco vuoto. Puuum! Non fece manco in tempo a scappare. Il fiasco le scoppiò quasi in faccia. Divenne nera come il carbone, poi le ferite delle schegge di vetro iniziarono a colare, trasformandola in una maschera di sangue. La raccolsero da terra quelli del vicinato di Melas Ruias e la pulirono alla buona. Gli occhi erano gonfi, bruciati come patate sotto la cenere. Tzia

Gonaria Mulargia, che le era parente d'entratura, le disse tra le lacrime:

«Ohi, figlia mia! Non lo sapevi che risate e pianto camminano accanto?».

Rimase cieca per due anni, fino a quando non la portarono alla novena di Santa Lucia, per chiedere alla santa il miracolo che i medici non avevano saputo fare. La vestirono con una tunica rosa e una corona di spine di rovo, le fecero bere una tazza di decotto ottenuto con foglie di vischio essiccate e acqua bollita e la stesero sotto la statua, con i piedi puntati verso l'ingresso. Dopo un quarto d'ora la rimisero in piedi e la sbendarono. Da quel momento tornò a vedere come prima, come se nulla fosse successo. Gli occhi, nel giro di una settimana, tornarono del colore cristallino che ha il cielo visto dalla collina di Busellis.

Il miracolo le costò la promessa della verginità. Non si poteva lasciare la santa senza niente e neanche liquidarla con un'elemosina. Cosa grande bisognava offrirle, e ad Abacrasta le femmine povere il loro capitale lo tenevano nascosto tra le gambe.

A ventitré anni Adelasia Galanzu era bella da finirci in galera per averla. Aveva una garrela di pretendenti, tra i ricchi e tra i malfatati. Mantenere l'impegno preso le costava fatica e insonnia. Qualche volta le veniva voglia di dipingersi le labbra e uscire in strada, per darsi al primo che passava. Poi sentiva una morsa al cuore e si tratteneva. Per sbollentare il vuddiore, in ogni stagione si lavava con acqua fredda.

La cosa durò fino a trent'anni, quando il destino ci mise di nuovo la sua mano cattiva. Una sera che era andato a visitarli un compagno di militare del fratello più piccolo, quando si furono tutti addormentati dopo la cena, uscirono in cortile a raccontarsi storie. Andria Cumida, così si chiamava l'ospite, originario di Melagravida, la girò e la rigirò come una gallina allo spiedo, poi se la portò nella legnaia. Lì presero fuoco e successe quello che doveva succedere. Nel momento fatale in cui finirono di consumarsi a morsi, ragliò un asino che svegliò tutto il vicinato.

«Asino che raglia, ha preso fuoco la paglia!» si dice in paese.

Il danno rimase fatto, e dopo un calvario di sputi e disperazione, contro la volontà dei parenti, venne al mondo Chilleddu. Andria Cumida scomparve come il fumo e ad Abacrasta nessuno lo vide più.

La nascita di quella creatura, a parte la madre, tutti gli altri la subirono come una maledizione. Quei due chili e trecento grammi di acqua fatta polpa dalla volontà divina qualcuno li avrebbe buttati volentieri alla discarica, dentro una busta di plastica o un sacco vuoto di mangime.

Chilleddu nacque di sette mesi. A vederlo sembrava una lepre scuoiata. Aveva il sangue scuro che traspariva pulsando forte dalla pelle rosea. Le orbite vuote, con gli orli delle palpebre increspati da una cresta di gallo porporina; la lingua tagliata in punta come una forchetta; il canale uditivo tappato da un'oliva di cartilagine simile a un orecchino di corallo.

«Malevadau!» disse soltanto la levatrice che la aiutò a partorire.

«Malevadau!» dissero tutti quelli che andarono a vederlo, vinti più dalla curiosità maligna che dalla pietà.

Il padre di Adelasia, Veneriu Galanzu, ne fece malattia e prese l'abitudine di dormire nell'ovile, con la scusa che il servo pastore quattordicenne se n'era andato di malamorte.

«Non fa a lasciare il bestiame da solo di questi tempi!» diceva. «Manca solo che ci rubino le pecore, per rovinarci del tutto!».

Le pecore, per lui, erano più importanti di quella

creatura mandata dal destino per rovinargli la vecchiaia. La madre, Maritria Thirrica, non faceva altro che piangere:

«I santi ce l'hanno con noi! Già l'hai fatta bella a fare questo burdo, figlia mia!».

Per quelli di Abacrasta quel bambino era come se non fosse nato, lo consideravano una colpa da dimenticare, una scorreggia dalla quale bisognava allontanarsi in fretta per non sentire l'odore.

Alla fine, stanca di essere trattata come un cane tignoso, Adelasia trovò il coraggio di andarsene di casa e si trasferì nel vicinato di Limbichìchinos, quello dei balbuzienti. Lì, per mantenersi, si accordò come theracca dai Dunnales, una famiglia di cavatori che parlavano più con lo scalpello che con la lingua.

Nel vicinato di Limbichìchinos erano tutti così, parlavano tartagliando, come se avessero sempre patate arrosto in bocca. Pronunciavano le prime sillabe a mitraglia, ma per completare un discorso ci mettevano una giornata.

Adelasia non si perse d'animo, in fondo anche a Nostra Segnora era successa la stessa cosa, solo che lei era rimasta vergine e il figlio le era nato bello come il sole. Accudiva una famiglia di sedici persone, Perseu e Filumena, i vecchi, tziu Eone Dunnales con tzia Nicolosa Fughenti, più dodici figli senza contare il suo.

I Dunnales, pur rispettando la disgrazia della poveretta, a veder crescere Chilleddu che non spiccicava parola si sentivano dei cantanti a battorina. I più piccoli, già da quando aveva quattro anni, lo punzecchiavano con la lesina e lo provocavano:

«Ajò, Chillè, chistiona! Ma surdu sese? Chistiona!».

Chilleddu non poteva neanche piangere, quelle fitte gli arrivavano misteriose alla testa, da un buio che sentiva ostile. Col tempo, si era abituato a riconoscere le cose e le persone al tocco delle mani. A volte i Dunnales erano così cattivi che gli facevano tastare anche cose che non si dovevano toccare, come la merda o tizzoni accesi. La più malvagia era Scilledda, una delle femmine, aveva quindici anni più di lui e se lo giocava come un gatto col topo.

Mama Adelasia sapeva e ingugliva, perché altra strada per campare non ce n'era: o così o morti. A buttarsi nel fiume Alenu col suo bambino stretto in braccio ci pensava mille volte al giorno. Ma a lei la Voce non l'aveva chiamata, l'aveva dimenticata, doveva pagare la sua pena vivendo, senza lo sconto della fune.

Chilleddu, nonostante fosse nato castigato da Dio e dimenticato dagli uomini, per dispetto venne su forte come un giovane olivastro. A diciannove anni aveva la forza di strumpare un bue a terra e una voglia di vivere da far invidia agli abitanti di Abacrasta.

Adelasia, dopo una notte di incubi e stanchezza, decise di trovare conforto in signora Medea Telebbis e si confidò con lei:

«Signora Medè,» le disse «non ne posso più della vita! Se continua così, mi faccio il lavoro prima che mi chiami la Voce!».

Lei la ascoltò in silenzio, sorseggiando un bicchiere di vino bianco da messa e tirando boccate forti da un mezzo toscanello. Alla fine si mise la mano nella tasca della fardetta e ne tolse una zampa di gallina. La stirò tre volte per il nervo bianco che usciva dallo stinco, poi le disse:

«Solo chi ti ha dato il male può togliertelo. Non ti garantisco niente, perché non è mia abitudine fottere la gente, ma ti consiglio di tornare di nuovo nel Santuario di Santa Lucia».

Adelasia non se lo fece ripetere due volte. Chiese un giorno di permesso con la scusa di far visitare Chilleddu da uno specialista di Noroddile e prendendolo per mano lo portò fino alla chiesa del santuario. Ci andarono a piedi e scalzi, traversando campi di grano e papaveri, spaccandosi la pianta dei piedi nelle garighe dei gigli selvatici, inseguiti da nubi basse gonfie di vento e ira antica.

Anche se aveva la certezza che il figlio non la poteva sentire, Adelasia gli dipingeva il paesaggio con la sua voce. Gli diceva del volo dei gruccioni, del cantare dei grilli, del tintinnare dei campanacci, del lamento assonnato del cuculo:

«Vedi, Chillè... Senti, Chillè...».

Gli prestava l'udito e gli occhi che non era riuscita a dargli alla nascita, gli dava la voce per esprimere la meraviglia di quanto le girava intorno.

«Bell'e arrivati siamo, Chillè. Coraggio figlio mì!».

A trecento passi dal santuario, all'ombra di una quercia, Adelasia vide uno strano fabbro che forgiava una rete dorata, sottile come ali di farfalla ma resistente come l'acciaio. Sembrava la rete di un pescatore di cavallucci marini. Il fabbro completò il suo lavoro e si rivolse ad Adelasia e al giovane:

«Mettigli questa,» disse «che lo renderà più invulnerabile di qualsiasi armatura».

L'uomo scomparve tra i riflessi del sole che ballavano ondeggiando sui cardi. Adelasia avvolse il figlio in quello scialle di fili d'oro e arrivò di fronte alla chiesa. Spinse il pesante portale ed entrò. Nella nicchia della santa aveva nidificato una coppia di gheppi. Il maschio gonfiava il petto rossiccio e muoveva la coda bluastra a intermittenza, come la pendola di un orologio a muro. La femmina, sospesa in aria, agitava le ali per proteggere i piccoli.

Adelasia fece stendere Chilleddu sotto l'altare, con i piedi rivolti verso l'ingresso, poi s'inginocchiò e iniziò a pregare:

«Santa Lucia martire, solo tu mi puoi aiutare. Già tanto ho sofferto per il mio peccato. Tu che innocente fosti condannata e uscisti a testa alta dalla vergogna, intercedi per questa creatura senza voce presso Dio. Digli che fino a oggi ho accettato dalle mani del Signore tutto il male che mi ha dato. Digli che non sopporto più il peso del dolore, che dia un po' di serenità a queste sue deboli creature. Io invecchio, ormai, e la mia anima non potrà mai trovare consolazione, se muoio prima di questo figlio malfatato. Che mi faccia la grazia di restituirmelo sano o che se lo porti via insieme a me! ».

Mentre pregava, Adelasia sentì un fresco improvviso, come se il tempo fosse cambiato e avesse iniziato a piovere. Si affacciò al portone. Il sole bruciava la terra, e il suo respiro saliva al cielo annebbiando le cose. Tornò a inginocchiarsi per pregare di nuovo di fronte a Chilleddu. Gli toccò le mani e lo sentì di ghiaccio. Il pavimento della chiesa iniziò a coprirsi di un'acqua fredda che gelava i piedi.

« Figlio mio! Figlio mio! » iniziò a gridare.

L'acqua saliva in fretta, di un palmo al minuto, e il corpo di Chilleddu iniziò a galleggiare. Dall'abside della navata centrale, un pianoforte laccato di bianco che non aveva mai visto prima iniziò a suonare una melodia. Chilleddu si alzò e si mise a ballare, muovendosi con passi fatati sui suoni ribattuti delle terzine. I suoi gesti erano pervasi da un senso di pace profonda e incantatrice. Dalle feritoie dei muri entrò lo staccato dei violini, ripetendo le note del pianoforte con allegria.

Adelasia si sfregò gli occhi con la punta dei polpastrelli: aveva paura di sognare, di essere tornata cieca. Il figlio, inzuppato fino alla cintola, si avvicinò alla madre barcollando a pelo d'acqua e le buttò le braccia al collo:

« Finalmente vi vedo, mama mea! Finalmente vi sento! ».

Adelasia si sentì mancare e caddero insieme, annaspando e ridendo tra gli spruzzi. Prima di uscire al sole, Adelasia gli mise un fazzoletto bagnato sulla fronte e glielo calò un poco sugli occhi, perché la luce non glieli bruciasse. Quando li guardò, ombreggiandoli col palmo della mano, scoprì che il figlio aveva gli occhi più belli del mondo, erano acquosi e profondi, come due biglie di mare rubate agli abissi. Si sedettero mano nella mano sopra i sedili di pietra dell'esedra e iniziarono a raccontarsi il loro calvario.

Ad Abacrasta il miracolo di Chilleddu non lo festeggiò nessuno. Non se ne occupò né il vescovo di Noroddile né la stampa, che avevano altro da fare. C'erano le elezioni in corso, la fabbrica che iniziava a fumare il suo sigaro velenoso nella piana, le raccomandazioni da cercare per indossare la tuta, le feste campestri da organizzare, la faida di Orotho che andava avanti come un vento spinto dal maestrale. Insomma, in paese, se prima la presenza di Chilleddu Malevadau era solo fastidiosa, adesso era diventata scomoda. Il padreterno aveva sbagliato un'altra volta i calcoli.

Per la gente, Chilleddu rimaneva sempre il figlio illegittimo di Adelasia e di uno sconosciuto, quella croce andava portata fino in cima al monte, fino alla morte.

«Sempre un burdo rimane!».

«Ma cosa si credono, che adesso lo mettiamo sull'altare?».

Qualcuno arrivava a rinnegare la verità del passato, che Chilleddu era sano dalla nascita, che la madre gli metteva uno straccio negli occhi e gli tappava le orecchie per farsi dare la pensione d'invalidità.

«Per i soldi a scrocco quei miserabili dei Galanzu sono capaci di tutto!».

Altri dicevano che Adelasia si era fatta amante del figlio grande di tziu Eone Dunnales, per rubargli il poco che aveva.

«Quella bagassa di rospi ne ha fatto altri, solo che li avrà buttati nel pozzo nero!».

Dalle maldicenze Chilleddu e la madre furono costretti a trasferirsi in una casetta fuori dall'abitato che avevano ereditato da tzia Gonaria Mulargia, morta senza altri eredi, insieme a una mucca e due capre. Le bestie gliele mustrencarono quelli della leva per farsi lo spuntino. Sicché c'erano giorni in cui erano costretti a mangiare patate crude condite solo con sale. Miseria a coscia, come si dice, mentre tutt'intorno scoppiava il benessere e anche le case dei misereddi si riempivano di frigoriferi e televisori.

A cercare un lavoro Chilleddu ci aveva provato centinaia di volte. Lo cacciavano via come un appestato:

«Cosa ce ne facciamo di uno come te, lo incorniciamo come santo? Non hai imparato a fare niente!» gli dicevano per beffa. «Non abbiamo bisogno di un malevadau, a noi servono uomini veri! Capito?».

Vinto dalla disperazione, Chilleddu prese a smagrirsi, fino a diventare pelle e ossa. Si nutriva più di rabbia che di pane, per quel destino che si era preso gioco di lui due volte.

«Era meglio se mi sbattevi al muro appena nato, come un gatto!» arrivò a dire alla madre.

Nei quattro muri dove abitavano non avevano né luce né acqua. Quando ce n'era, cucinavano col fuoco a legna, altrimenti si coricavano quasi digiuni, dopo essersi spartiti qualche frutto rubato nelle campagne. Ad Abacrasta non faceva più a scenderci, perché le malelingue tagliavano come coltelli e le occhiate ferivano il cuore.

Una notte di luna piena che gli si posò di fronte alla finestra una grossa colomba bianca, Chilleddu sentì la Voce che lo chiamava. Tagliò le ali all'uccello e volò fino al bosco sacro di Sos Padentes, sotto il monte Isteddu. Prima, alto nel cielo, girò intorno ad Abacrasta per tre volte, lasciando cadere sui tetti e sulle strade una pioggia di piccoli fogli di carta. A Sos Padentes si posò sopra l'albero più bello, quello dove ogni anno, per la festa di Santa Lucia, si sacrificavano arrosto gli agnelli già grandi. Bagnò a lungo il fil di ferro con la saliva e via, giù, verso l'ignoto che in parte aveva già esplorato. Lo strappo violento lo spezzò in due, e la testa, di nuovo con le orbite vuote, finì dentro un nido abbandonato di astori.

Correva l'anno millenovecentosettantuno, e io giocavo come portiere nella squadra di Abacrasta che militava in prima categoria. Andai agli allenamenti con uno di quei foglietti stretto in pugno e lo lessi solo prima di entrare in campo:

«Nella mia debolezza era la mia forza. Ricordatevelo. Chilleddu».

11
IL SERVO PASTORE

Il servo pastore di tziu Veneriu Galanzu lo chiamavano Candidu Vargia, perché era un ragazzo dalla figura slanciata come un rondone, col dorso rame scuro e la faccia rossa. Sembrava nato per la campagna e frequentava gli ovili da quando era piccolo. Aveva la camminata agile ed elegante. Alla strumpa e nella mungitura non lo batteva nessuno, manco i più grandi.

A raccontare quanto gli è successo c'è da non crederci. Io lo ricordo sempre col sorriso sulle labbra e con gli occhi che gli ballavano di una gioia strana, misteriosa. Aveva solo sette anni più di me, ma sembrava già un uomo. Portava un berretto di panno sulle ventitré, pantaloni larghi e camicie senza colletto. Giacca o pastrano non gliene ho mai visto neanche d'inverno, si vede che il freddo non gli faceva paura. I suoi occhi erano neri, due pezzi di carbone spento incastrati nella fronte. Le mani grosse come pale per cuocere il pane crasau.

Un mattino che m'incontrò all'uscita della panatteria mentre addentavo un corno di pane ancora caldo, lasciò correre il gregge per la strada e mi regalò un agnellino che teneva sotto braccio.

«Tienilo bene, che è di coppia ed è condannato a morire. La madre non può allattarne due. Il colostro te lo porterò ogni sera al ritorno dall'ovile».

Io quell'agnellino e gli occhi di Candidu Vargia me li tengo ancora dentro come un tesoro. In un bidoncino di latta mi portò il colostro per quaranta giorni, fino a svezzarlo, poi, la stessa sera che i miei sgozzarono l'agnello per arrostirlo, Candidu si fece il lavoro nel cancello della vigna di Mariane Zori. Era la notte di Capodanno del 1950, non era passata una settimana dalla morte di mio nonno. Due lutti così ravvicinati nel tempo mi convinsero che le feste grandi portavano più disgrazie che divertimento.

A Candidu Vargia lo invidiavano tutti, per quella vivacità che lo costringeva a non stare mai fermo, ad andare anche quando doveva stare.

«Quello ha l'argento vivo addosso!».

«Eh, che già la smetterà di saltare quando friggerà con l'olio suo!» dicevano ad Abacrasta.

Nel 1936, l'anno in cui era nato, si dice che in paese ci fu una carestia grande, per colpa delle cavallette che avevano devastato i raccolti. Per questo Candidu saltava sempre. Alle cavallette, quell'annata, si aggiunsero i pidocchi, grossi quanto chicchi di grano e affamati come cani. I lendini non si staccavano dai capelli manco con la nafta e gli uomini avevano i coglioni scorticati a forza di grattarseli con le unghie. Don Zigarru fece uscire anche la gente in processione, con Santa Lucia e il Santo del Raccolto in testa. Niente! Quelle bestie, l'acquasanta e le preghiere le facevano solo ingrassare.

Alla fine gli abitanti di Abacrasta furono costretti a mettere in pratica i consigli di dottor Poddighe, un costerino che di insetti se ne intendeva più che di cristiani. Portarono nella piazza di San Bernardino cento calderoni di rame e li misero in cerchio sui tripodi di ferro. Li riempirono d'acqua e cenere, caricarono i fuochi con rami secchi di corbezzolo e via con i fiammiferi.

Quell'evento gli anziani lo raccontano ancora come uno spettacolo teatrale. La gente che si spogliava in pubblico per purificarsi nella lisciva. Le donne che portavano dalle case vestiti, coperte e lenzuola, per disinfettarli con la bollitura. I bambini che piangevano e uscivano dai paioli rossi come maialini. Gli uomini virili che si toglievano le mutande senza vergogna e gli altri che si coprivano la miseria con la mano. Le femmine che rimanevano in camicione per non aizzare gli ubriachi. Don Zigarru che fu spogliato a forza minacciava scomuniche. E fiumi di vino e acquavite, ceste di dolci, musica e balli.

Non si seppe mai con certezza perché i pidocchi e le cavallette se ne andarono. Forse ha ragione tziu Pietrinu Dindillu, che è ancora vivo e sano:

«Cussos animaleddos ana vidu ch'imus zente ghaddighinosa e si nde sunu ughios!».

Non ha tutti i torti tziu Pietrinu, quando dice che siamo gente bizzarra e imprevedibile, culi che non trovano posto per sedersi da nessuna parte. A dieci anni, tziu Veneriu Galanzu a Candidu se lo era portato in campagna per fare un favore al padre, che non ne poteva più di quel figlio sempre in movimento, e perché gli serviva qualcuno che dormisse nell'ovile, a guardargli le pecore.

Candidu imparò in fretta a mungere e a fare il formaggio. Con le bestie si capiva meglio che con gli uomini. Se qualcuna iniziava a zoppicare, s'infebbrava o soffriva di mastite, lui la riconosceva agli occhi e la metteva da parte per curarla. La sua medicina segreta era un infuso di erbe varie: parietaria, ortica, malva, fiori di cicuta.

Nella tanca di tziu Galanzu Candidu trascorse gli anni più belli della sua breve vita, inseguendo le nuvole che galleggiavano nel cielo, prendendo l'ariete per le corna, facendo i bisogni all'aperto, spulicandosi all'occhio del sole. In quattro anni di campagnista, per rispetto dell'età o della famiglia, nessuno gli aveva mai fatto uno sgarbo. Mai mancata una pecora, mai una malaparola con i vicini di pascolo.

A rovinargli l'esistenza arrivarono una notte tre disperati di Taculè, che gli portarono via cinquanta agnelli da destinare al macello. Lui, meschino, si era addormentato per la stanchezza e non si era accorto di niente. Tziu Veneriu Galanzu divenne più feroce dei suoi cani, si avventò su di lui e lo massacrò col nerbo di bue. L'ultima frustata gli arrivò sul viso, spaccandogli i denti e aprendogli una lunga cicatrice agli orli della bocca.

«Che tu sia maledetto! Ti sei lasciato fregare il frutto di un anno di lavoro! Bastardo! Chi mi paga a me adesso, ah? Vai tu dai mustrencatori a farti restituire il maltolto? E io che ti credevo un omine!».

Prima non era così tziu Veneriu. Si vede che sapeva mascherare bene la sua natura rognosa. Finché era andato tutto bene lo aveva trattato quasi come un figlio: un paio di cosinzos all'anno, mangiare abbondante, una pecora intestata a nome suo ogni tre mesi, qualche ridotta di vino nero.

Candidu, per rispetto della vecchiaia, non reagì, si prese i colpi e le ingiurie in silenzio. Tornò di corsa a casa del padre. Ancora sanguinante e in lacrime, lo supplicò di cercargli un altro padrone, perché con tziu Veneriu avrebbe commesso qualche sproposito.

«Lo ammazzo, bà! Mì che se mi fate tornare lo scanno con queste mani!».

Come se non bastassero quelle che aveva preso, il padre gliene aggiunse, a calci e a parole:

«Ma cosa uccidi tu, mincilleu! Se rimanevi sveglio, quello che è successo non sarebbe successo! Trotta di nuovo all'ovile e scusati!».

Candidu fece finta di ubbidire e andò a lavarsi

nella vasca del cortile. Dal tubo arrugginito dell'acqua che scolava arrivò improvvisa e stridula la Voce. Prima di uscire entrò nella stalla e tolse la fune che legava l'asina all'anella di ferro. Con quella stretta al petto andò subito alla vigna di Mariane Zori, che era di proprietà di suo tzio Vittorinu.

Lì, per dispetto contro la malagente, si appese al cancello e perse la sua scommessa con la morte.

12
TRAGASU IMBILICU

Tragasu Imbilicu me lo diceva ogni volta che m'incontrava:

«Oh, Battì! Ricordati di lasciarmi uno spazio nel registro dei morti. Parte Seconda, Serie B, mi raccomando!».

Parlava della sua morte imminente come se la stesse guardando in faccia. E rideva, mostrando i denti scheggiati e una cicatrice che gli aveva diviso il cranio in due come un solco profondo.

«Prepara, Battì! Prepara!».

Un inverno di qualche anno fa era caduto a piombo da un albero di fichi neri, nelle campagne di Sos Prideddos. Fu ricoverato d'urgenza in ospedale e se la cavò con settanta giorni di coma reversibile. Ad aprirgli la testa coi ferri non faceva, perché un grumo di sangue si era coagulato in un angolo maledetto. Al suo ritorno nel mondo dei vivi, a quelli di Abacrasta che gli domandavano malignamente della disgrazia rispondeva:

«Eh boh! Stavo raccogliendo fichi e a un tratto, ciùnfete! Per terra. Altro in mente non mi torna».

«E in ospedale, Tragà, com'era? Cosa vedevi quando eri in coma?».

«Niente vedevo! Stavo bene come una pietra. Nessun dolore, nessuna preoccupazione!».

Ad Abacrasta lo sapevano anche i bambini che fichi maturi a gennaio non ce n'erano, che Tragasu Imbilicu era salito sull'albero per fare altro. Gli amici di bettola, per nascondere la vergogna, avevano fatto sparire la fune, tagliata a misura e già col cappio pronto.

Parenti stretti il becchino in paese non ne aveva. Quelli che non riposavano sotto cinque palmi di terra nel camposanto di Truncos Malos erano tutti emigrati, una parte in continente, gli altri sparsi a casaccio nel resto del mondo. Nessuno di loro scrisse due righe per sapere nuove su di lui, a conferma che della sua vita non gliene futtiva un bel niente.

Il padre e la madre erano scomparsi durante l'anno della nevicata grande, quando la terra si era sotterrata di bianco per quattro mesi e il sole lo avevano sequestrato le tenebre. Non li trovarono mai, né da vivi né da morti. Di ipotesi credibile, comunque, ne rimaneva solo una: quella della Voce. A ricattarli non ci avrebbe pensato mai neanche l'ultimo dei balentes, perché avevano più debiti che peli in testa. Conti da regolare, di tanche o di bestiame, non potevano averne, perché non possedevano niente, solo quello che indossavano. Questioni d'amore erano da escludere, perché tzia Gesuina era sdentata, aveva già più rughe in faccia di una prugna secca, e tziu Bartolomeu puzzava di sigaro e piscio a un chilometro di distanza.

«Li ha inghiottiti il terreno prima che si squagliasse la neve!» così si disse in giro, e lì finì.

Quando rimase orfano Tragasu aveva quattro anni, una trottola di legno, due pantaloni rattoppati, una camicia, due canottiere, un maglione, un paio di scarponi consumati, un braciere, un orinale, tre forchette, tre cucchiai, tre piatti smaltati, una casseruola, una pentola e due tortore nella gabbia di legno. La casa dove abitavano, con tutto il mobilio, era di tziu Battore Crastu, uno che quando mama Gesuina tardava a pagare l'affitto si prendeva un acconto in natura.

Era nel vicinato di Sos Poetas, un vicolo cieco e lungo come un budello di porco, con una fontanella addossata al muro finale, un negozietto di alimentari sulla destra, un bar sulla sinistra, una gora scavata al centro per raccogliere gli umori e i resti liquidi delle famiglie.

Tziu Bartolomeu Savuccu era così mandrone che non si chinava neanche a raccogliere i soldi da terra. Il tempo lo passava a salire e scendere per la via principale del paese, fissando l'impietrito come se avesse perso qualcosa e sputando in aria volute di fumo pesante, che sapevano di fegato sfatto e cipolle fritte.

Tragasu finì in un orfanotrofio di Noroddile, in mano alle suore. Per anni cavoli bolliti, latte in polvere, formaggini scaduti, marmellata con la muffa, pane del giorno prima. In quella specie di ospizio per bambini non c'era una cosa fresca, tutto sapeva di stantio, come le suore, che avevano la barba come gli uomini.

Dalla Casa di accoglienza Maria Ausiliatrice Tragasu scappò cinque volte e sempre lo riacciuffarono. Una volta era salito di nascosto su un postale che portava al mare: quello sì che fu un bel giorno. Aria frizzante, acqua che spumeggiava come gazzosa, bambini felici che inseguivano un aquilone grande come un falco reale, gente che mangiava sotto gli ombrelloni, e onde, tante onde che si accavallavano come i giorni andati. Una moriva sull'altra senza lasciare traccia, facendo solo spliùùsc.

Le cose cambiarono quando lo adottò il vecchio becchino di Abacrasta, tziu Mario Sunza, noto Baule. Se lo portò a casa per contentare la moglie, che era una vurvi sicca e non poteva fare figli. Piano piano gli insegnò tutti i trucchi del mestiere e, alla fine, lo raccomandò al sindaco per prendere il suo posto.

Femmine Tragasu ne aveva cercato molte e trovato nessuna. Uno con quel mestiere non era cosa da portarsi a letto e farci famiglia. Avrebbe parlato solo di maniglie e lapidi, di foto ricordo ed epigrafi. Lui, per riparamento, con i primi soldi si comprò una bicicletta e invece di correre le donne iniziò a correre con quella. Nella discesa del camposanto volava come una scheggia. Sviùùùm sviùùùm. Si era buscato anche un casco fatto di strisce di pelle e un paio di occhiali scuri. Da lontano sembrava un ciclista vero, di quelli che sfrecciavano nello stradone il giorno che il Giro d'Italia passava al bivio della cantoniera di Abacrasta.

Per l'occasione Tragasu si metteva la maglietta, le scarpette, i pantaloncini e si mischiava al gruppo. I paesani lo applaudivano con ironia:

«Dài, Tragà, che sei primo! Dagli polvere a questi dilettanti! Fagli vedere chi sei!».

Lui sudava e si faceva scoppiare i polmoni, poi, alla prima curva, quando non lo vedeva nessuno, si buttava in terra a piangere. L'albero dei fichi neri era quello dove andava a fare i bisogni, con due fogli di giornale in tasca e una cicca in bocca. Prima di arrampicarsi se l'era ragionata a lungo e bene.

«Ho vissuto come uno stronzo, e come tale morirò!» si ripeteva da mesi nella solitudine della sua casa.

Dopo la disgrazia a metà, poi, si erano aggiunti anche i sensi di colpa. Per tutto il periodo che era stato in coma ad Abacrasta non era morto nessuno. Si convinse di essere un pindaccio, un menagramo, un uccello del malaugurio. Già quando era nato, una notte di luna piena che seguiva il solstizio d'estate, gli raccontarono che s'istriga aveva cantato a lungo nel bosco.

Quando lo richiamò per la seconda volta la Voce, per non sbagliare si comprò un album da disegno e, a lapis, iniziò a progettare la sua partenza verso il regno dei morti. Preparò un sacco di schizzi e scelse quello che gli sembrò il migliore. Senza dare troppo nell'occhio, si comprò una bara di castagno da tziu Nespula e si mise all'opera. Si scavò prima la fossa, togliendo la terra a paioli. Calò giù il baule e lo scoperchiò. Piantò due pali di lato e ci posò una pedana fatta con tavole chiodate. A palate ammucchiò la terra sopra la pedana. Si terse il sudore, si scolò un fiasco di vino ed entrò di coltello nella buca. Faceva un caldo infernale e la terra sapeva di radici tagliate, di cioccolato fondente.

Si stese dentro la bara, col coperchio pronto a scattare. Per far franare la terra di colpo, aveva legato due capi di fune ai pali e se li era annodati al polso della mano destra. Chiuse gli occhi e diede uno strappo forte. Trusciulùn. Mentre consumava lentamente l'ultimo respiro, rivide il mare, sentì le voci dei bambini che rincorrevano l'aquilone, la spuma che gli sfiorava i piedi, l'onda che lo portava via per sempre. Trusciulùn. Poi nulla, solo un rumore di camion che scaricava sabbia. Dalla cupola della chiesa calcinata di bianco i corvetti impauriti presero il volo verso la gola di Mutzugolai.

Nello spazio vuoto della venticinquesima pagina del registro dei morti, in Parte Seconda, Serie B, ho segnato con dolore il nome di Tragasu Savuccu, noto Imbilicu.

Mi ero dimenticato di dirvi che lo chiamavano così perché, ogni volta che mangiava troppo la pancia gli si gonfiava come un otre, e il suo ombelico sembrava una foglia dentata di caliche 'e muru.

PARTE SECONDA

DELLA VITA RITROVATA E DI ALTRE STORIE

13
MICHELI ISOPPE

Redenta Tiria bussò al portone di Micheli Isoppe molte volte. Tòc tòc tòc tòc... Non rispondeva nessuno, la casa sembrava disabitata. I garofani rossi, coltivati dentro grossi barattoli di lamiera appesi al muro, riempivano l'aria di un profumo piccante. Redenta allungò la mano e ne strappò uno. Prima lo annusò avidamente, poi se lo infilò tra i capelli. Quel fiore rosso scarlatto sembrava un sole acceso nel manto della notte.

Tòc tòc tòc tòc... Le ombre spigolose dei muri scendevano a picco sulla strada, rimbalzando sull'asfalto ammorbidito dal sole. Redenta fece scattare la maniglia a cucchiaio ed entrò. La femmina cieca non poteva vederlo, ma il cortile era a forma di ferro di cavallo. Sulla destra, coperta da una tettoia in lamoni arrugginiti, la fucina, l'incudine, un lungo tavolo di ferro, la pressa, martelli, mazze, magli, pinze, seghetti e una saldatrice nuova, usata da poco. I muri grezzi erano tinti di una fuliggine metallica che mandava riverberi cristallini. Ragnatele e polvere scura dappertutto. Due galline raspavano con le zampe su un cumulo di trucioli. Appesi alle pareti compassi, calibri, sveglie sventrate e una collezione di grosse chiavi antiche. Sulla sinistra cataste di tondini, scatolati, sfoglie di lamiera, un'icona di Santa Lucia, un intreccio di palma con un ramoscello d'olivo, catene, ruote di carri, matasse di fil di ferro, un cane e un cavallo baio. Le due bestie erano talmente magre che si faceva fatica a distinguerle.

Al centro, un albero di cachi che aveva sparso intorno un tappeto di frutti acerbi. Qualcuno cadeva ancora a intermittenza, come a indicare la caducità della vita. Addossata alla facciata della casa, un'aiuola con diverse specie di piante grasse, tutte morte di sete e con i fiori avvizziti. Sull'uscio della porticina a vetri che dava nella cucina, un gatto bastardo si leccava la coda.

«Michè! Micheli!».

Dentro una nicchia scavata sopra la porta, una sconosciuta madonna di gesso e un vaso di vetro con gigli secchi.

«Micheli! Ci sei?».

Non rispose nessuno. Redenta spostò la porta con la punta del piede e si trovò in cucina. Quattro sedie con i cuscini sventrati dal gatto, un tavolo con molti strati di vernice, senza un colore preciso, un paio di occhiali rotti, piatti sporchi, una piattaia, il frigorifero, un televisore con l'antenna incorporata, alcune pile di giornali pornografici, fumetti di Topolino, riviste di orologeria, indumenti sporchi buttati sul pavimento, bottiglie vuote orlate dal nero del vino.

«Oh Michè!».

Niente. Dalla stanza attigua, separata da una tendina bisunta di cretonne, arrivava il respiro affannato di qualcuno. Redenta fece qualche passo in silenzio e scostò la tenda con la mano. Micheli Isoppe era nudo sopra una sedia, con la cinghia legata intorno al collo e fissata a una delle anelle della pertica che serviva per appenderci gli insaccati del maiale. La barba lunga, gli occhi spiritati, persi nella ricerca di strappare un buon ricordo alla vita. Aveva già piegato la gamba per dare una scalcagnata e salutare così il mondo.

Redenta non gli disse niente, si limitò a rivolgergli uno sguardo dei suoi occhi ciechi. Lui chiuse i suoi, di occhi, ed ebbe come un capogiro. In una giostra di cavallini ambrati vide vorticare tutti i volti delle persone che gli avevano segnato la vita. Sua madre sudata che toglieva il pane all'imbocco del forno, suo padre col pettorale di cuoio che batteva il ferro ancora caldo, la sorella che era partita in continente in cerca di fortuna, il fratello che aveva indossato la divisa per guadagnarsi da vivere, Pierina che gli aveva dato il primo bacio e poi si era sposata con Manuelle Tivazza, Pippinu Muschitta che gli aveva crepato l'occhio con una stoccata dopo una morra, la nonna che gli sfreddava con un soffio il cucchiaino del caffè per farglielo gustare, il nonno che gli portava le more dentro una foglia di cavolo, Cleopatra, la puttana che ogni sabato sera gli svuotava il paiolo della disperazione.

La sua vita iniziava e finiva lì. Altro d'importante non c'era mai stato, se non il tàm tàm del martello che batteva sull'incudine scandendo i suoi giorni. È vero che si era messo a costruire una specie di macchina del tempo, ma quella gli aveva portato solo tristura e aggiunto solitudine alla solitudine. L'aveva progettata da ragazzo, quando aveva il pallino dei meccanismi a orologeria, e realizzata da grande, investendo tutti i suoi risparmi.

Da tziu Castanza, un vecchio orologiaio di Noroddile, aveva comprato orologi, pendole e sveglie di ogni tipo. Si era messo in testa di far tornare indietro il tempo, di mettergli la retromarcia. Da quando trovò in soffitta un orologio da tavolo, iniziò a documentarsi in biblioteca. I primi soldi che gli passava il padre li spendeva in riviste specializzate: «Io e l'orologio», «Noi e il tempo», «La clessidra moderna», «Il diapason», «Alla ricerca del tempo perduto».

La sua idea era semplice quanto inutile: se il moto, da oscillatorio, poteva essere trasformato in rotatorio intermittente, perché, invece di farlo andare avanti, non farlo tornare indietro? Si era dimenticato che lui era nato ad Abacrasta, dove l'orologio i cristiani ce l'hanno dentro, e solo la Voce decide quando fermarlo.

Micheli Isoppe, però, era duro e ostinato come il ferro che lavorava. Passava il tempo ad armeggiare con molle, ingranaggi, ancore, spirali, corone, bilancieri. Le ore gli scorrevano addosso, pesanti e appiccicose come miele amaro.

Alla fine era riuscito a costruire un aggeggio simile a una macchina da corsa. Si era seduto al posto di guida e aveva tirato una leva, aspettando di ritornare bambino. Rimase così per tre giorni, senza bere né mangiare. Si arrese all'evidenza, perché non era stupido, e da allora preferì passare il tempo a sfogliare giornali pornografici, in attesa della Voce.

Micheli riaprì gli occhi. Redenta era ancora di fronte a lui. Allargò il collare e se lo sfilò dalla testa. La donna si avvicinò, gli diede la mano e lo aiutò a scendere.

«Chi sei? Perché sei venuta?» domandò Micheli Isoppe.

«Sono la figlia del sole e sono venuta per portare la luce nel paese delle ombre» rispose Redenta.

«Ma tu sei cieca, come fai a essere la figlia del sole?».

«Perché, per il troppo bene che mi voleva, mio padre mi ha accecato da piccola».

«E qui, come ci sei arrivata?».

«Mi ha guidato lui, che odia i sacrifici umani. Vai, mi ha detto, e ferma quegli scellerati di Abacrasta che non vogliono più godere della mia luce!».

Quando la cieca lasciò la casa di Micheli Isoppe,

nel cortile e nelle stanze era tutto in ordine e pulito, come se una sposa invisibile avesse lavorato per quaranta giorni. La macchina del tempo era scomparsa, e sul letto disfatto era rimasto odore di garofani e una ciocca di capelli corvini.

Nel giro di qualche mese il fabbro trovò compagnia e iniziò a dividere il tàm tàm del martello che batteva sull'incudine con Paskedda Tivazza, vedova Murisca.

14
SERAFINA VUDDI VUDDI

Serafina Vuddi Vuddi era la puttana più famosa della provincia. Di cognome vero faceva Raspitta. Si vendeva a Noroddile, in una stanza ai piedi di monte Nofre, piena di santi alle pareti e con un mobile stipato di vestiti da bancarella e fotoromanzi. Sui comodini due lunghi ceri sempre accesi. Tra le sue cosce erano passati pastori e amministratori, negozianti e studenti.

Una volta le aveva fatto visita anche il vescovo, per portarle una parola buona. Al posto dei soldi, le aveva regalato un rosario di plastica fosforescente e un biglietto per il cinema.

« Prega, figliola! Prega! » le aveva detto. « Prega per me e per te, che ci diamo al prossimo senza una vera ragione! ».

Il vescovo Trabbis non capiva niente. Serafina aveva mille e una ragione per darsi agli altri. La prima, e la più importante, erano i soldi. Voleva metterne da parte tanti, per passare una vecchiaia diversa dalla sua infanzia, che era stata un tormento.

Era nata a Gospotolò, un paese a trenta chilometri dal mare, né montagna né collina, solo un tacco di terra che si innalzava come un calice rovesciato sulla piana. Cani e vento, fave e calura. L'unica cosa decente di quel posto era il fiume Tisamene, con le sue rane verdi chiazzate di nero che prendevano il sole sulle pietre, belle da vedere e buone da mangiare; con le damigelle scure, delicate e carnivore; con i gerris che saltavano e si tuffavano nelle piscine d'acqua stagnante; le code di gatto che sembravano voler toccare il cielo; gli sciami di crisalidi che aspettavano giugno per prendere il volo. Al fiume Serafina ci andava col suo cane. Si sedeva sulla riva e lanciava pezzi di legno consumato dalla corrente.

«Porta, Ruffi! Porta!».

Il cane ubbidiva agli ordini come un servo, addentava lo stecco e glielo riportava mugolando di piacere. A volte, per cattiveria, faceva saltare a pelo d'acqua qualche ciottolo.

«Portà, Ruffi! Porta!».

Ruffi tornava a riva stanco e deluso, ciondolando la lingua fumante e scrollandosi di dosso l'acqua con rabbia. Per mettergli paura e renderlo ancora più ubbidiente, lo sgridava a voce alta:

«Cattivo, Ruffi! Molto cattivo!».

Ruffi si cucciava e guaiva fino a quando Serafina non gli faceva una carezza tra le orecchie.

A Gospotolò non c'era niente, né scuola né chiesa. Era una frazione di Santa Maria, e chi voleva imparare a leggere o intendeva confessarsi doveva farsi cinque chilometri a piedi o a dorso d'asino. Anche per essere interrati si andava al camposanto di Santa Maria.

Appena finì le scuole dell'obbligo fece tre anni di magistrali in un collegio di Olospia e si ritirò. Da quel giorno Serafina iniziò a perraliare con la madre. Le parlava come un maschio maleducato, da mattina a sera la rimproverava per averla messa al mondo.

«In un bel posto mi hai fatto nascere! Trovami un lavoro a Noroddile, che qui non ci voglio stare un giorno di più! Fammi fare la serva, quello che ti pare, ma lasciami andare via da qui!».

A Gospotolò non pioveva quasi mai. Il cielo si scuriva, le nuvole passavano basse e se ne andavano altrove, portate via dal vento caldo. C'erano giorni che pareva si potessero prendere con le mani. Serafina saliva in terrazzo e cercava di acchiapparle con il retino che usava per catturare le rane del fiume.

Una sera il cielo si fece rosso come il suo primo mestruo, e l'indomani iniziò a piovere come non si era mai visto da quelle parti. Con la pioggia arrivò a Gospotolò anche la signora Paulina, una delle figlie più belle di don Grazianu Murcione, l'uomo più ricco di Noroddile. Si era sposata da poco con professor Piattu, il primario del reparto di chirurgia dell'ospedale San Giovanni, e cercava una ragazza per tenerle compagnia e sbrigarle le faccende di casa.

Per Serafina fu come vedere la madonna. Signora Paulina scese dalla vittura e bussò alla prima porta del paese, quella di Serafina. Era d'estate e indossava un completo di seta giallo vernaccia, con un cappello di paglia a falda larga che le ombrava il viso fino alle sopracciglia. Occhi verde salvia, come le scarpe a tacco alto e la borsetta. Era così bella da non sembrare vera.

«Scusate, dove abita Tomasina Berrules?».

Serafina la guardava a bocca aperta.

«Abita in questa strada, ma adesso non c'è. È andata a Santa Maria per vendere sa frue al mercato. Forse tornerà dopo pranzo».

Mama Chischedda le arrivò alle spalle come un'ombra:

«Così si lascia la gente, Serafì, fuori dalla porta? Entri, signora, entri! Con questa girata di tempo non fa a stare fuori».

Signora Paulina rispose gentile:

«Mi dispiace ma non posso, c'è mio marito che aspetta in macchina».

«E faccia scendere anche lui, così vi preparo un bel caffè!».

L'insistenza ospitale la convinse a chiamare il marito e ad accomodarsi in cucina.

«Angelì, scendi cinque minuti, che tanto la persona che stiamo cercando non c'è!».

Il chirurgo scese, e come vide Serafina ebbe quasi un mancamento. Gli ricordava il suo primo amore da liceale, una certa Giuditta Contrio, morta dopo una caduta da cavallo. Stessi capelli color fico d'India maturo, stessi occhi scuri, stessa voce gradevole che dava il senso di una carezza ai timpani, labbra a sanguisuga lucidate con un tocco di rosa perlato.

«E cosa girate di buono da queste parti?» domandò incuriosita tzia Chischedda.

«Stiamo cercando una ragazza di fiducia da metterci in casa per le piccole faccende, ma più che altro per la compagnia, perché mio marito è sempre in ospedale».

Serafina saltò sulla sedia.

«E l'avete trovata?».

«Gente di Noroddile ci aveva raccomandato questa Tomasina Berrules... Dicono che l'onestà e la laboriosità delle donne di Gospotolò non abbia uguali nell'isola. È vero?».

«Vero! Vero!» rispose la madre. «Da queste parti le femmine non hanno grilli per la testa, non vedono la televisione, pensano solo al lavoro e alla famiglia».

Angelo Piattu guardava Serafina e vedeva Giuditta Contrio, il suo grande amore perso per colpa di un cavallo imbizzarrito. Tzia Chischedda sorrise, mettendo una mano sulla spalla alla figlia:

«Mì! Se la volete prendetevi questa, che mi sta sempre facendo la testa a brodo perché vuole andare a lavorare a Noroddile».

Marito e moglie si guardarono un attimo in faccia. Non erano neanche entrati bene in casa e già si sentivano di famiglia con quella donna che aveva accorciato le distanze con simpatia.

«È vero quello che dice tua madre?».

«Bugia si voleva!» rispose lei arrossendo.

«Si potrebbe combinare,» aggiunse signora Paolina «sempre che la povera Tomasina non la prenda male».

«A quella già ci penso io!» rispose tzia Chischedda. «Che tanto non è femmina di male intragne!».

Contrattarono per vitto, alloggio, vestiario e poche lire al mese e due giorni dopo, col postale delle sette, Serafina partì da Santa Maria. Ad accompagnarla andò il padre, tziu Bertu Raspitta, lui con la mula e la valigia, lei a piedi, col vestito nuovo comprato per corrispondenza dal catalogo e un paio di orecchini di corallo bianco che le aveva regalato la madrina di cresima. Doveva compiere diciotto anni il quindici settembre, il giorno dell'Addolorata.

Prima di salutarla, il padre l'abbracciò e le disse:

«Ama chi ti ama, rispondi a chi ti chiama! Ricordatelo, Serafì!».

Quelle parole non volevano dire niente, era solo un proverbio che Bertu Raspitta aveva letto la sera prima sull'ultimo calendario di Frate Indovino. Per Serafina andavano bene lo stesso. Avrebbe potuto dirgli di tutto, che tanto stava mettendo le ali per non tornare mai più a Gospotolò.

A casa dei Piattu-Murcione Serafina ci arrivò una mattina che il cielo giocava a piovere e a smettere subito. Una spruzzata forte sui palazzi poi basta, come se qualcuno, nelle pause, volesse insaponare la città per lavarla meglio. La gente, appena spuntava l'occhio infuocato del sole, chiudeva gli ombrelli, e tempo qualche minuto tornava il diluvio.

Serafina aveva i capelli accioccati dalla pioggia, in una mano la valigia di finta pelle, nell'altra un biglietto fradicio con l'indirizzo: via Monsignor Conchedda 12. Le strade umide sapevano di cavoli freschi e petrolio. Dalle griglie dei pozzetti saliva ogni tanto l'alito delle fogne.

Chiese a manca e a destra e, alla fine, un vigile con il berretto decorato e la divisa pulita si offrì di accompagnarla.

«Ma dove stiamo andando?» domandò Serafina quando si accorse che erano già fuori città e la macchina del comune prendeva per una salita alberata.

«Voglio prima farti vedere il paesaggio dall'alto» rispose il vigile. «Ma c'eri mai venuta prima a Noroddile?».

«Due volte,» disse lei «la prima per una visita in ospedale, la seconda per vedere la sfilata d'agosto».

«Eeeh, allora ne devi scoprire di cose! Quanti anni hai?».

«Ne faccio diciotto a settembre».

«E di dove sei?».

«Di Gospotolò».

«E cosa ci vai a fare dalla signora Murcione?».

«La theracca, la domestica insomma».

Serafina iniziò a sentire uno strano tremolio alle gambe, come quando si stancava molto rientrando a casa dal fiume Tisamene, col cane che le correva dietro.

Da quel momento il vigile non aprì più bocca. Parcheggiò la vittura in uno sterrato e la fece scendere. Sul prato schiacciato dai copertoni, preservativi e fazzolettini. Fiori sporchi coperti da lacrime di pioggia. Serafina mise la mano in tasca per cercare la foto con il cane che si era fatta scattare da un cugino. In quel momento, il vigile si sbraghettò e le domandò:

«Ne hai mai visto di questi gelati a Gospotolò?».

Per comprare il suo silenzio, al ritorno, le mise in mano tre biglietti da mille. Quando la scaricò di fronte al portone dei Piattu-Murcione, prima di richiudere la portiera la guardò minaccioso:

«Mì che a Noroddile le ragazze che non fanno queste cose sono considerate cacca di gallina! Cumpresu? Zitta e mosca!».

Serafina suonò il campanello e prese a sfogliare una caramella al miele, una di quelle che le aveva dato la madre per consolarsi nei momenti di scoramento. La succhiò due volte e la sputò: era amara e sapeva di cachi lapposo.

Le aprì la porta signora Paulina. Teneva in braccio un cagnolino, vestito come una creatura, più piccolo di un coniglio.

«Oooh! Benvenuta nella nostra umile dimora!» disse in un tono tra il vezzoso e lo sfottò. «Vedrai che qui ti troverai come a casa tua!».

Serafina non parlava, sembrava come paralizzata. Il cagnolino abbaiava contro di lei.

«Hii come sei emozionata! Guarda che non abbiamo mangiato mai nessuno! Entra che ti faccio vedere la casa e la tua stanza!».

Signora Paulina posò il cane per terra e spinse la porta.

Rinchiusa in quella casa prigione Serafina ci rimase ventitré mesi, quattro giorni e un'ora, con professor Piattu che le rubò in fretta il tesoro che teneva stretto fra le gambe e signora Paulina che la comandava a bacchetta. La sera che la costrinse a entrare nella vasca da bagno «per insaponarla», non ci dormì nel letto. Bastava il marito, che con la scusa che gli ricordava Giuditta Contrio le abbassava le mutande ogni santo giorno.

Appena Sabazio, il meccanico che la portava in pizzeria la domenica, le trovò la stanza ai piedi di Santu Nofre, si mise in proprio e si fece più clienti di un dottore.

«Puttana per puttana, mi faccio almeno pagare bene!». Questo divenne il suo motto.

La voce che una di Gospotolò, bella, giovane e baratta, aveva aperto bottega in via Ulimu Siccu, tra una panatteria e un fruttivendolo, si sparse in giro con la velocità del fulmine.

«Hanno aperto un negozio di carne fresca!» dicevano in gergo.

«E buona è?».

«Tutta filetto, compà! Tutta filetto!».

Gospotolò, i genitori e i parenti Serafina li cancellò dalla memoria, ci diede un taglio netto, come si fa con una verruca fastidiosa. Lavorò onestamente per ventisette anni, poi, per passare in pace la vecchiaia, si trasferì definitivamente ad Abacrasta.

Nella casa a tre piani del vicinato di Sos Molentes ce l'aveva portata Damianu Zicoria, un possidente col viso sfregiato da un tumore maligno. Sulla guancia sinistra, tra l'occhio e la sella del naso, aveva come un grappolo d'uva acerba, che cambiava colore a seconda dei giorni, dal rosso cupo al viola al verde marcio.

Damianu faceva paura a vederlo, ma era di animo buono e di cuore grande. L'ultima volta che andò a svuotare la brocca nella stanza dei santi e dei ceri accesi fece la sua proposta a Serafina:

«Ma perché non smetti? Te ne vieni a stare ad Abacrasta e fai la vita da signora! Lì nessuno si permetterà di offenderti o di sfiorarti, che se no fa i conti con questa!» e le mostrò la pistola che portava dietro la schiena, nella cintola.

Lei rifletteva, seduta al bordo del letto, con i gomiti sulle ginocchia e il mento stretto tra le mani a coppa.

«Se non ti decidi adesso, alla fine sarai tu a pagare gli uomini per venire a letto con te! Cosa credi, che la bellezza dura in eterno?».

Damianu aveva ragione. La polpa dei fianchi si era allardata, le cosce increspate come sughero di scarto, le titte ammorbidite come palloncini pieni d'acqua tiepida. Ci pensò su una settimana, poi decise per il sì. Caricò bagagli e bagaglini sulla familiare di Damianu e via.

Dopo qualche anno ad Abacrasta, Serafina si sentì rinascere. Le sembrò di essere finita in paradiso. Nessuno, neanche Damianu, le aveva mai detto niente della Voce. Si erano sposati con molti invitati, festa grande per tutto il giorno e centinaia di bigliettini di auguri per figli maschi. Per farla felice, il marito le aveva messo anche la domestica e comprato una vittura spider, di quelle scappottate.

«Buongiorno, signora Zicò! Come va, signora Zicò?».

Sembrava una di noi, nata lì e battezzata con l'acqua dell'antica sorgente. Serafina però non era stupida, aveva imparato a conoscere gli uomini quando si credono forti e sono deboli. Sopra il suo materasso a molle erano tutti uguali, buoni e mansueti come gattini. Poi fuori tornavano i cani di sempre, con le ipocrisie, l'avidità, la cattiveria, l'invidia. Dietro quella passata di bianco che le davano per le strade, scoprì, con dolore, che c'era la malizia tagliente degli eredi di Eracliu Palitta e Artemisa Crapiolu.

Che stupida che era stata, a non immaginarselo fin da quando le avevano augurato i figli maschi. Che figli poteva fare lei a quell'età, col ventre conciato come una pelle di pecora e i muscoli dell'utero infiacchiti dal mestiere? La gente, sotto sotto, sputava veleno con la lingua.

«Bah! Adesso anche le vecchie bagasse col patrimonio degli altri tornano vergini!».

«E a vederla entrare in chiesa come una santa! Ma vergogna non ne ha?».

«E Damianu meglio non ne trovava?».

«E chi se lo prendeva, comare mia, con quella malattia?».

Serafina sentiva le voci entrare nella pelle come spilli roventi. Si buttò giù malamente, pensando che nella sua isola non c'era un palmo di terra sana. Noroddile, Gospotolò, Abacrasta, il mondo era tutto uguale, la gente era tutta perfida. Arrivò quasi al punto di tornarsene a Noroddile. Ma chi l'avrebbe voluta più? Manco le suore alla casa di riposo l'avrebbero presa.

Un pomeriggio che girava in macchina per le tanche di Damianu vide un astore nel cielo e si fermò a seguirne il volo. Girava in tondo e poi scendeva in picchiata sulla preda. Per un attimo si sentì topo, lepre, donnola, gallina, serpente. Accese lo stereo e tenne il dito sul pulsante della sintonia, per cercare una stazione a caso. Aveva bisogno di musica, di qualsiasi musica che non fosse il fischio del vento o il canto dell'astore. La lucetta rossa si fermò al numero 50, come i suoi anni.

Si guardò allo specchietto retrovisore e si scoprì vecchia. Senza accorgersene aveva accelerato il ritmo della sua esistenza, dando al suo viso trent'anni in più di quelli che aveva. Notò con fastidio le prime ciocche grigie che non si lasciavano vincere dalla tintura, le borse sotto gli occhi pesanti come la valigia del suo primo viaggio, le guance zavorrate dai dispiaceri che tiravano in basso, cadenti come flanella.

La radio sfrigolava come un pezzo di lardo acceso. D'improvviso, dalla retina brunita delle colonne uscì la Voce:

«Ajò! Preparati, che il tuo tempo è scaduto!».

Poi iniziò un assolo di sassofono di una vecchia canzone che ascoltava da piccola:

«Petite fleur, o mio piccolo fior...».

Aprì il cassetto del cruscotto. Sotto i documenti e una cartina geografica dell'isola, la calibro 7,65 con la matricola abrasa che Damianu le faceva portare per difesa personale:

«Nelle nostre strade di campagna non si sa mai. A

volte si possono fare brutti incontri, e questa risolve i problemi più in fretta delle parole».

Così le aveva detto Damianu, prima d'insegnarle a montarla e rimontarla, a riempire il caricatore e scarrellare meglio di un carabiniere. Cling, clang, cling, clang. Sembrava un giocattolo, con quei proiettili lucidi come confetti dorati.

«Se c'è il bisogno usala, spara! Mira, non toglierla solo per farla vedere, che altrimenti capiscono che hai paura e te la strappano di mano. Capito?».

Nella sua vita da puttana, Serafina aveva sempre e solo dovuto capire gli altri. Capisci questo e capisci quello. Ma non c'era un modo di vivere più bello, senza capire, come facevano gli animali e gli alberi? Prese la pistola e la pesò sul palmo della mano destra.

«Raju! Mi sembra più pesante del solito!». Avvicinò la bocca della canna alla tempia. «Pum! Poi basta! È più facile che farsi togliere un molare dal dentista!» pensò per darsi coraggio.

Accarezzò il grilletto con la punta dell'indice e tolse la sicura. Il colpo era già in canna. Si guardò intorno per assicurarsi che in giro non ci fosse nessuno. Dietro di lei, sulla cunetta, avanzava a passi veloci una donna scalza dai lunghi capelli corvini. Serafina ripose la pistola nel cassetto del cruscotto, ma non fece in tempo a chiuderlo.

«Può darmi un passaggio fino ad Abacrasta?» domandò Redenta Tiria.

«Prego!» balbettò Serafina.

«Credo di essermi persa e non trovo più la strada».

«Ma tu sei cieca?».

«Così dicono!» rispose Redenta accomodandosi nel sedile accanto a lei. «Anche se conosco molta gente che è cieca vedendo».

Ci fu una piccola pausa. L'astore aveva ripreso a volare e girava intorno alla macchina.

«Allora, si va?».

Serafina girò la chiave dell'accensione.

In quell'attimo, Redenta prese la pistola dal cassetto e la buttò tra i cardi:

«Questa alle persone vere non serve. Il male non si dà e non si toglie a pistolettate! D'ora in poi ricordatelo!».

Serafina si sentì per un po' disorientata, non sapeva se rispondere o stare zitta, se stare ferma o ingranare la marcia.

«Vai, vai! Che abbiamo molta strada da fare e molte cose da dirci!».

Serafina mise la prima e staccò la frizione con uno strappo. La spider schizzò sulla strada sollevando polvere e paglia. Girarono in lungo e in largo per giorni, fermandosi solo a fare benzina e comprare da mangiare, dormendo all'aperto sotto le stelle e parlando, parlando, parlando. Oropische, Orotho, Ispinarva, Piracherfa, Taculè, Melagravida, Thilipirches; arrivarono fino al mare di Pasadinas.

Quello che si dissero a me e a voi non è dato sapere. L'unica cosa certa e dimostrabile è che Serafina Raspitta, nota Vuddi Vuddi, dopo quel viaggio tornò ad Abacrasta bella e splendente come un girasole. Sembrava che gli dèi l'avessero immersa in una vasca piena di luce liquida. Dentro una scatola di cartone aveva portato con sé una piantina d'oleastro, con il terriccio nero ancora attaccato alle radici. Lo piantò nel suo cortile e mai volle che oltre al suo Damianu anima viva si avvicinasse all'alberello.

Rimase incinta alla terza luna e partorì di maggio. Si sgravidò in casa, all'antica, senza farsi mettere le mani addosso da qualche dottore, che già in troppi l'avevano profanata. La aiutò Mintonia la domestica, che figli ne aveva visto nascere e morire altri. Damianu aspettò l'evento in cortile, con la testa rivolta verso il sole e le dita congiunte in preghiera:

«Fa' che sia sano e giusto! Solo questo ti domando, o Signore!».

Venne fuori un bambino da quattro chili e otto, bello come un bronzo greco, con i lineamenti che sembravano rifiniti a pennello. Alla faccia delle malelingue di Abacrasta lo chiamarono Solicheddu, piccolo sole.

Quando festeggiò il settimo compleanno mama Serafina gli regalò un paio di forbici d'oro. Con quelle iniziò a potare l'olivastro del cortile a ogni inverno. Ai compagni di giochi che ancora oggi gli domandano che frutti porta l'albero magico di casa sua Solicheddu risponde ridendo:

«Quelli che voglio io».

«E perché, Solichè?».

«Perché è l'albero della vita!».

15
ZIROLAMU LISTINCHINU

Della sua razza, Zirolamu fu il primo «istudiato». Dopo secoli di laddara, crine di cavallo e quagli appesi dentro il caminetto ad asciugare, finalmente un Listinchinu aveva un diploma di laurea in mano.

Per quella famiglia di caprari fu un evento storico, da non dimenticare mai. La pergamena che attestava il titolo dottorale, conferito dall'Università di Stàffari, l'avevano incorniciata con legno lavorato di mogano scuro, a ornature floreali che ricordavano una cassa da morto. Perché tutti la potessero vedere senza sforzo, l'appesero nel salotto ad altezza di naso, tra un Cuore di Gesù dipinto a china rossa che gocciolava sangue da una ferita e una *Prodigiosa Traslazione della Santa Casa di Loreto.*

Deludendo le aspettative dei genitori e delle sorelle, la gente ignorava la laurea in Medicina di Zirolamu Listinchinu e si soffermava a occhi sbarrati ad ammirare quel quadro, ottenuto dall'ingrandimento di un'immaginetta. La Santa Casa di Loreto volava sopra un cielo di nuvole spumose, sorretta da tre angeli. Poco più in alto, una Madonna in ascensione col Bambino ascoltava estasiata la musica di altri angeli che suonavano la cetra e il liuto.

Le zie che facevano i dolci per l'occasione non si risparmiarono, e approntarono tre cotte di tutto: biscotti gappati, amaretti, bianchini, sospiri grossi un pugno, dischi di aranzada grandi come un 33 giri. Per un mese a casa Listinchinu si respirò profumo di marsala, odore di mandorle tostate e di caffettiere fumanti.

Quelli di Abacrasta facevano la fila per gli auguri. Entravano invidiosi, si sprecavano in un mare di complimenti e ne uscivano astiosi, lodando per denigrare.

«Eh! Bette esègeru! Sarà pure intelligente questo Zirolamu, ma non è l'unico dottore che c'è al mondo!».

«Prima che diventi bravo come dottor Gaghisi già ce ne vuole!».

«Ne deve ancora leggere libri e vedere culi, per dimostrare che la laurea non l'ha comprata a colpi di panelle!».

«Ancora a vederne siamo dottori!».

«Bantine il sindaco, che era studiato quanto lui, per quello già ha fatto una bella fine! Ohi! Che non conviene mettere la testa a pensare!».

Ad Abacrasta, quando qualcuno riusciva a dimostrare di saper fare qualcosa di diverso dal solito tira a campare, veniva sacrificato lentamente sull'altare del malanimo. Il passatempo preferito della maggior parte degli abitanti era tagliare l'erba del vicino quando superava il palmo.

Il povero Zirolamu queste cose non le sapeva, per questo decise di salire ancora più in alto e si prese la specializzazione in psichiatria. Il padre, che capiva alla lontana il significato della parola, lo sconsigliò vivamente:

«Ma proprio i matti ti metti a studiare, Zirò?».

C'era una condotta libera a due passi, nel paese

di Melagravida, dovc avrcbbc potuto passare la vita a prescrivere sciroppi e supposte, e invece l'unico suo figlio maschio si voleva chiudere in manicomio da sano.

«Con la gente che conosciamo ti puoi fare senza piedi. Visite, ricette, soldi a palate, maialini a Pasqua, capretti a Natale, formaggio, zucchero e caffè, sempre. Io mi sarei fermato, Zirò, mì che salire troppo in alto, a uno della razza nostra, può far venire i giramenti!».

Achille Listinchinu era ostinato come il figlio, la madre, Iolanda Cambosu, ancora peggio:

«Che già hai fatto abbastanza, figlio mì! Adesso fermati! Lavora e metti su famiglia. Non vorrai passarti tutta la vita a studiare, ah?».

Zirolamu in cuor suo aveva già deciso. Anche se gli avessero tagliato i viveri, il professor Sambeneddu, primario delle Cliniche universitarie, gli aveva promesso di interessarsi per fargli avere una borsa di studio.

Il futuro medico dei matti, come iniziarono a chiamarlo ad Abacrasta, voleva capire la molla che faceva scattare nei suoi paesani quel meccanismo a orologeria che si portava via i cristiani anzitempo.

Grazie alla pressione delle nove sorelle i genitori si arresero, e tra gli encomi generali Zirolamu finì anche gli studi di specializzazione.

La passione per la medicina ce l'aveva da quando era piccolo. Passava giorni a stordire cani e gatti con l'acquavite, per poi aprirgli la pancia a lametta e vedere cosa avevano dentro. Tutti i suoi risparmi e le ustrine che riceveva per le feste comandate, li spendeva in libri di anatomia. A nove anni conosceva a memoria tutti gli apparati, gli organi e i tessuti del corpo umano. Il regalo più gradito glielo fece uno zio che lavorava come operaio in una fabbrica di macchine del continente. Un'estate che tornò per le ferie gli portò un microscopio. Zirolamu si mise a piangere dalla gioia.

Quando si fece un po' più grande e iniziò a sentire in giro di quelle morti strane, ai cani e ai gatti cominciò a spaccargli la testa con la scure, per studiarne il cervello. A volte lo osservava da fuori tutto intero, cercando di capire cosa corresse dentro quei piccoli fiumi di sangue che si diramavano come una ragnatela nella massa molliccia. Altre volte ne separava gli emisferi con un taglio netto da macellaio, poi li riduceva a fettine sottili che posava sul piano di focalizzazione del microscopio per ingrandire le macchie bordò e la polpa bianco neve.

Gli altri ragazzi giocavano a pallone nella squadra degli allievi, imparavano a mungere, a reggere il vino e sfreddare a linguate le prime caienture delle compagne. Lui prendeva voti alti in pagella, di quelli che mettevano in imbarazzo pure i professori. Anche al liceo, tutto dieci, solo dieci, pure in condotta e religione.

A casa Listinchinu, guai a toccarglielo quel giovane prodigio. Non gli facevano sollevare una pagliuzza da terra. Le sorelle lo avevano imbisciato, anche se Zirolamu di suo non era né presuntuoso né credenzone. Gli sbattevano il rosso d'uovo con lo zucchero, gli preparavano il ristretto di parasambene, gli sliscavano il pesce, gli sbucciavano la frutta.

«Lascia, Zirò! Non preoccuparti, Zirò! Faccio io, Zirò! Non stancarti, Zirò!».

Ogni volta che in famiglia entrava qualcosa di buono, fosse roba da mangiare, calzature o vestiti, il primo a scegliere era sempre lui. Quell'affetto e quelle cure eccessive Zirolamu le viveva quasi con imbarazzo, perché voleva dimostrare al mondo che sapeva anche sbucciarsi una pera e allacciarsi le scarpe. Se ne fece comunque una ragione, per non offendere le sorelle e perché così poteva dedicarsi completamente ai suoi studi.

Il giorno che partì all'Università di Stàffari familiari e parenti lo piansero come morto, manco stesse partendo per il fronte. In fondo erano duecentotrenta chilometri, andata e ritorno. Con una vittura veloce e senza rompersi l'osso del collo si arrivava in un'ora e qualcosa.

In capo a qualche anno Zirolamu divenne l'assistente di fiducia di professor Sambeneddu, e, quando il primario uscì di testa in seguito a un forte spavento, prese il suo posto nel reparto dell'undicesimo piano, quello dei matti e dei depressi di ogni specie.

La buonanima aveva passato una brutta mezzora un mattino che lo avevano sequestrato due pazienti schizofrenici, distrutti nel corpo e nella mente dal tarlo della vita. Uno era un insegnante che non si era rassegnato alla pensione e andava in giro nudo a tirare pietre e libri sui passanti. L'altro un carabiniere di trent'anni, abbandonato dalla moglie e dalle due figliolette, che una notte aveva cercato di strangolarle nel sonno.

Non erano i pazienti più difficili del reparto, anzi. Quando scalpitavano li calmava più un pacchetto di caramelle gommose della superdose di valium. A volte bastava un sorriso, una carezza, e tornavano mansueti come bambini appena allattati.

Quel mattino andò diversamente. Fausto e Gabriele si erano procurati chissà come una taglierina, un pennello e un barattolo di vernice nera. Lo avevano sequestrato durante l'ora delle visite in corsia, lo avevano imbrattato di colore e gli avevano inciso tanti punti interrogativi in tutto il corpo.

«Rispondi? Perché non rispondi?» gli domandavano mentre finivano il lavoro sul lettino di contenzione a cui lo avevano legato.

Forse cercavano una risposta alla loro malattia, risposta che non c'era nei libri e che professor Sambeneddu non poteva dare. Lo lasciarono più morto che vivo, sporco di sangue e tutto cagato. Nella rianimazione del Civile lo salvarono per miracolo, a forza di ossigeno e trasfusioni.

Mentre i carabinieri li portavano al manicomio criminale, Fausto e Gabriele ridevano come se niente fosse accaduto, come se quello che avevano fatto fosse roba d'altri, che non li interessava. A uno dei militi che lo teneva stretto per il braccio, prima di entrare nell'ambulanza, Gabriele domandò:

«Collega, ma dov'è la nostra macchina di servizio? Oggi siamo di pattuglia nel quartiere di Santa Maria, vero?».

A professor Sambeneddu quel brutto accidente lo segnò per il resto dei suoi giorni. Una volta dimesso dall'ospedale, prese a bere e ad avere paura anche delle mosche. Fece domanda per il porto d'armi e si comprò una grossa pistola a tamburo. Con quella carica andava in giro per scuole e caserme, a minacciare tutti gli insegnanti e i carabinieri che avevano una qualche somiglianza con Fausto e Gabriele. Alla fine la moglie fu costretta a portarlo in continente, in una casa di cura a pagamento.

L'episodio colpì anche Zirolamu, che comunque aveva messo in conto certi imprevisti del mestiere e aveva nelle vene sangue più freddo del primario, il sangue dei Listinchinu, domatori di cavalli e caprari da secoli.

Per fare la spola tra Stàffari e Abacrasta, Zirolamu si comprò una macchina potente, di quelle che quando toccava l'acceleratore si vedevano i cavalli correre fuori dal cofano.

Di case ne aveva tre, una più bella dell'altra. Quella della Marina di Sologai era la più bella, con due ettari di frutteto e un giardino pensile da far invidia a un re. Era quello che si dice un uomo arrivato, conosciuto e apprezzato in mezzo mondo, con pubblicazioni su riviste mediche specializzate, relazioni ai convegni, consulenze ministeriali. I matti e la loro malattia come li conosceva lui li conoscevano in pochi.

A quarant'anni suonati, per coronare l'esistenza, gli mancava solo una moglie. Mama Iolanda, ormai acciaccata e incanita, glielo ripeteva ogni volta che tornava ad Abacrasta:

«Mira che un uomo senza famiglia anche se diventa presidente della Repubblica poco vale e niente lascia su questa terra! Metti la testa a posto e trovati una moglie in grazia di Dio! Per carità divina non lasciarmi morire con questo pensamento!».

Zirolamu era un fior di medico, ma con le donne si comportava come un imbecille. O se n'avanzava troppo o se ne stava muto come una tinca. Ignorava le tecniche del corteggiamento, disprezzava la diplomazia, non conosceva vie di mezzo: o tutto o niente. Amori veri non ne aveva mai avuto. Qualche sveltina con le infermiere ambiziose, due avventure con le colleghe del turno di notte, donne pagate e basta.

Per contentare la madre e risolvere definitivamente il problema, si giocò la carta di internet. Entrò nel giro di una chat e si mise in contatto con una signora di Bustellu, un paesino di mare della vecchia zona mineraria. Per un anno furono baci e carezze via computer, lunghe lettere d'amore che viaggiavano tra le onde nascoste della posta elettronica, poi all'improvviso più niente.

Dovevano vedersi, incontrarsi, sposarsi e pliuff, tutto finito in un misterioso soffio elettronico. Chissà se la donna dei suoi sogni esisteva davvero, chissà se Venerina Pilarda aveva carne e ossa o era solo un'invenzione della memoria del suo computer. Sta di fatto che della cosa Zirolamu Listinchinu ne fece malattia.

Iniziò ad abbrutirsi fino a trascurarsi nell'igiene personale, a frequentare luoghi malfamati e persone poco raccomandabili. Distinguerlo dai suoi pazienti costava fatica. Aveva preso uno sguardo allucinato e camminava lento, come se portasse un sacco di cemento sulle spalle. Si inceppava nel parlare e per un nonnulla si metteva a piangere, a chiedere comprensione e perdono per chissà cosa. L'amore mai avuto gli fece capire che si era fatto dottore ma ancora doveva farsi uomo. Lui ci provò nel modo peggiore, piangendosi addosso e lamentandosi come un bambino picchiato dal padre senza colpa.

Un giovedì di dicembre inoltrato scrisse al computer un'ultima lettera e la indirizzò a pilarda@tron.it. Poche sostanziose parole, com'era nel suo stile:

«Ho deciso di farla finita. Se non arrivi alla stazione di San Pancrazio venerdì sera alle otto, avrai sulla coscienza il nostro amore mai nato e la mia vita interrotta in anticipo. Per sempre tuo, in questo e nell'altro mondo, Zirolamu».

Quella sera Venerina non arrivò. Zirolamu si riempì di vino sfuso e pizza al taglio. Era una notte di pioggia che lavava le strade come lenzuola in lavatrice.

Girovagando cotto a pera nei vicoli di Stàffari vecchia, Zirolamu incontrò un gatto randagio e se lo portò a casa sotto il cappotto. Lo mise sul tavolo della cucina e andò a cercare una squarcina tra i cassetti. Barcollava e tratteneva a stento il vomito. La voglia di spaccargli la testa era incontrollabile.

Tornò col coltellaccio e iniziò ad accarezzare il gatto sulla schiena. Si guardarono a lungo negli occhi. La bestiola, infreddolita e affamata, lo fissava speranzosa. Zirolamu rigettò sul tavolo la pizza e il vino e cadde di muso. Il gatto iniziò a leccare il vomito e le sue orecchie fredde. Mentre stava per affogare nei suoi resti acidi, Zirolamu sentì la Voce:

«Ajò! Preparati, che il tuo tempo è scaduto!».

Il medico dei matti, con la testa che gli bruciava come un cortocircuito, si guardò il petto sporco e sbottonò la camicia di velluto pesante. Il suo cuore era lì, nascosto da una sfoglia di pelle rosata e dalle costole sottili.

«Basta un colpo ben dato e lo spacco in due!» pensò Zirolamu.

Il gatto continuava a leccare i resti sul tavolo. Zirolamu sollevò la lama in aria, e in quel preciso istante suonò il campanello. L'effetto della sbronza svaporò in una nebbiolina gialla che salì fino al lampadario.

«E chi caspita è a quest'ora? I matti non mi lasciano in pace neanche di notte! Maledetta l'ora che ho deciso di capirli!».

Quando andò ad aprire la porta si trovò di fronte Redenta Tiria:

«Buonasera! Disturbo? Ho una lettera per te da parte di Venerina Pilarda».

La donna consegnò la busta sgualcita e andò via. Zirolamu l'aprì con l'unghia del mignolo e la lesse d'un fiato:

«Anima mia, non minacciare neanche per scherzo di questi spropositi. Ho il computer in palla, che funziona quando gli pare, riceve qualche volta e non prende mai, come certe persone. Approfitto di questa signora di passaggio che ti conosce per spedirti mie nuove con lei. Arrivo a Stàffari domenica mattina e sarà per non lasciarci mai. Un bacio in bocca dalla tua Pilardina».

A Zirolamu e a Venerina gli ho messo io le pubblicazioni qualche anno prima di andare in pensione. Si sono sposati solo in comune perché lei non era credente. Adesso vengono ad Abacrasta ogni fine settimana. Hanno due piccoli gemelli, un maschio e una femmina. Uno si chiama Tirio e l'altra Redenta. Se non credete a questa storia, fatevi un viaggio a Stàffari, abitano in via Prunischedda Cumpria, al numero 103. La casa è quella coi muri tinti di rosa, con i gerani che spiovono dalle fioriere lungo la ringhiera del balcone.

16
BENIGNU MOTORETTA

Ziropu Seghegliu era nato per domare buoi e fare figli. Quante bestie abbia scozzonato in tutta la Barbagia, a oggi se n'è perso il conto. Di figli vivi, invece, ad Abacrasta gliene sono rimasti una dozzina, dopo che gli altri se li è giocati la Voce. E se non fosse stato per Redenta Tiria, i ladri di anime si sarebbero portati via anche Benignu Motoretta.

Benignu era nato primogenito di parto gemellare. I nove mesi nella pancia a corbula di mama Gruchitta li aveva trascorsi col fratello Seppeddu, che già allora era unu truncabuttones insopportabile. Nel panno di massaria preparato da tzia Ciccita ci era caduto prima lui per libera scelta. Non perché avesse più voglia di vivere di Seppeddu, sia ben chiaro, ma solo per liberarsi in anticipo di quella convivenza acrobatica forzata, a base di calci, pugni e gomitate. Seppeddu è nato con qualche ora di ritardo, quando la levatrice lo dava ormai per morto. « Questo non ce la fa, signora Gruchì! Mi sa che le faccio una bella puntura, svuotiamo tutto e poi ricuciamo, ah? ».

Le sgravidate gemellari da noi sono considerate ancora una maledizione, perché moltiplicano le bocche da sfamare. Con le pecore, uno dei due agnelli si sacrificava o si regalava ai bambini, come aveva fatto con me Candidu Vargia. Con le creature, invece, era diverso. Se non si aveva il coraggio di affogarne una nel pozzo o mettergli le mani al collo, allora si tenevano, soprattutto se erano maschi. Alcune maghiargie di Abacrasta erano esperte nel mandare in cielo i nati d'avanzo. Tzia Alipinta, per esempio, li trasformava in angioletti dopo il primo vagito, scolandogli un po' di miele caldo tra le froge e tenendoli qualche minuto a testa in giù. Due tentativi di scatarrare, come piccoli gatti raffreddati, e il gioco era fatto. Prendevano un colore rosso livido che faceva paura. «Sa morte durche», la morte dolce la chiamavano, come se morire non abbia sempre il sapore amaro delle bacche oleose del lentisco.

Ogni volta che ingravidava la moglie, Ziropu informava la famiglia con un po' d'anticipo. A metà cena, quando tutti erano chini sul lavamano smaltato a sforchettare sui resti di mezzogiorno, alzava le mani in alto come un prete durante la messa e sentenziava: «Abbiamo ordinato un bambino nuovo! La famiglia Seghegliu cresce. Che Dio e queste braccia la mantengano in salute!». Abbiamo ordinato, stiamo comprando: parlava anche a nome di Gruchitta, meschinetta, trattandola come il catalogo di Fratelli Nazaret. Benignu e Seppeddu, che erano i più grandi e masticavano già qualcosa del mondo, sapevano, invece, che era solo lui a decidere il come e il quando mettere a frutto la semenza. Gruchitta, che nell'amore lo sopportava come il peso di una croce, di suo ci metteva solo il guscio. Dopo le prime imprinzature si era rassegnata al ruolo di fattrice, apriva le gambe senza voglia, sia a lui che alla maestra di parto. Il destino, per pietà e rispetto, le era andato incontro conformandole i fianchi larghi, quasi slombati, e gonfiandole i seni come due nuvole di colostro. Io me la ricordo vecchia sin da quando ero bambino, con gli occhi verde puleju, liquidi e tristi, rassegnati al basto di quel domatore, uomo di carro, di bettola, di letto, di poco amore. A vent'anni, col quinto figlio perse tutti i denti. Da allora, fino alla morte, non ha mai smesso di succhiare grani di caffè tostati sulla pietra del forno. Chissà che gusto ci trovava, in quell'amaro che le tingeva la lingua e le labbra.

A mangiare mangiava come una persa. Dopo il sesto parto, di primo mattino si faceva una pila di sfoglie di pane crasau bagnato e ci scolava sopra quattro uova fritte con pomodori e cipolle. Biascicava masticando lentamente e a lungo con le gengive affilate, svogliatamente, come se anche nutrirsi fosse un dovere. Poi, all'improvviso, schioccando la lingua sul palato, si lasciava andare ai gemiti di piacere che non le venivano nel letto. In inverno, quando era la stagione dei mandarini, girava intorno agli alberi del cortile e non ne lasciava uno ad altezza di cristiano. Apriva la fardetta e si sedeva sopra una pietra a sbucciarli, fino a quando per terra non lasciava un tappeto di bucce. I frutti li apriva con le unghie e toglieva gli spicchi a uno a uno, prima di spremerli in bocca e sputare gli avanzi coi semi.

Quando Benignu compì quindici anni non ci fu più bisogno che babbu Ziropu gli annunciasse l'arrivo di un altro erede. Lo capiva al volo, perché nella stanza accanto, che era separata da quella dei figli soltanto da un velo di mattoni in terra cruda raschiati dai gatti, certe notti il padre si addormentava con vocalizzi monchi e prolungati che sembravano lamenti d'asino stanco, rantoli di dolorosa agonia. Hùùmrrr, hùùmrrr: arrotava i denti a bocca chiusa e sfiatava di naso. Quello era il suo modo di godere.

Finché erano vivi tutti i fratelli, la casa dei Seghegliu somigliava a una pala di fico d'India, gravida dei suoi frutti spinosi che sfumavano dall'arancio al porporino. Due stanze e un sottoscala avevano, più un cagatoio a griglia nell'angolo che raccoglieva lo scolo delle stalle. C'erano giorni in cui il loro cortile ospitava anche quattro o cinque coppie di buoi. I proprietari li portavano aggiogati, scorbutici, che davano di corna e di zoccoli. Dall'alba al tramonto era tutto un muggire, un rastrellare letame per la vigna e per l'orto. Odore di fieno digerito che rimaneva nei vestiti, nei capelli; entrava nello stomaco fino a far vomitare. Babbu Ziropu il letame lo voleva umido e ben macerato, perché diceva che lo stallatico così concimava meglio e il vino sarebbe uscito più forte. Erano tutti maschi i suoi figli, e lui, per principio, aveva deciso di non mandarli a scuola. Era convinto che la scuola riempiva la testa di frottole, diseducava alla vita e al lavoro. «I maestri e le maestre sono gente che ha tempo da perdere, zecche, parassiti, cristiani malriusciti che non si sanno campare usando le mani. Peggio dei preti e dei politicanti sono!». Non si stancava mai di ripetergli che la cultura vera era quella dei campi e della pinneta e, per comunicare col prossimo, il dialetto era meglio di ogni vocabolario. «Il troppo sapere porta solo machighine! Cosa se ne fa uno della geografia, della geometria, di tutti quei numeri imparati a memoria? E la storia poi, sempere uguale: su riccu sempere riccu, su poveru sempere poveru! Io per scozzonare i buoi ho usato sempere e solo le mani!».

Benignu, per meditare su certi modi di dire del padre, a volte si chiudeva nella stalla insieme agli animali e si portava la candela a carburo per tenergli compagnia. Fu lì che una sera lo chiamò la Voce: «Ajò! Preparati, che il tuo tempo è scaduto!». Era forte e imperiosa quella voce, proprio come la voce del padre, che metteva sempre fretta temendo ripensamenti. Quando si accorse che il ragazzo continuava a stare seduto inseguendo con lo sguardo le ombre che ondeggiavano nel soffitto di lamiera, la Voce si spazientì e lo richiamò in dialetto: «Ajò! Irbrìgadi, ca su tempus tuo est'arribau!». Benignu, per non sentirla, si tappò le orecchie con sterco di bue e si addormentò. Se glielo domandate adesso, vi risponderà che su tante cose la filosofia spicciola del padre vale forse più di quella delle enciclopedie che ammobiliano i soggiorni delle case di Abacrasta.

A me Benignu ha raccontato certe storie che nei romanzi non ho mai trovato. Come quella delle ballerine e dei cantanti che arrivarono un giorno in paese per la festa del patrono. I girovaghi venivano da Baralei, con un palco mobile trainato da un vecchio camion, due vitture familiari per l'orchestra, un sidecar per il proprietario e la star dello spettacolo: Gigina la ballerina. Si esibirono nella piazza di Sa Udditta, tra bancarelle di giocattoli e torrone. Pa pa pa, pa pa ràààà. Fiati, batteria, chitarre e organo. Roba da restarci! Musica divina e lombi sudati che ruotavano intorno ai riflettori colorati. Gigina la ballerina saltava come un'indemoniata e si strusciava una fune tra le cosce. Lui e Seppeddu erano andati a vederle di nascosto, stanchi delle solite facce di Abacrasta, delle battorine, delle morre, delle istrumpe e del troppo lavoro. Quando il padre lo scoprì, gli tolse la carne per un mese e li massacrò a cinghiate a giorni alterni. «Così la ferita non fa crosta!» diceva. Nella sua rustica pedagogia, voleva far capire ai primogeniti che a camparsi così, ragliando e sgambettando, erano bravi pure gli animali. «A cantare e saltare lo sanno pure i muli! Le titte e le altre cose le mostrano solo le bagasse, ricordatevelo!». Al loro rientro, i due fratelli lo trovarono così informato sull'evento, che gli venne il sospetto che anche lui avesse partecipato allo spettacolo.

Comunque, Ziropu Seghegliu era fatto così, prendere o lasciare, non conosceva vie di mezzo. Non lo avevano cambiato i lutti e la galera, non lo avrebbero cambiato i figli con le loro lamentele, la loro voglia di annusare il culo del mondo con un naso diverso dal suo. Era uno abituato a nascondere in fondo all'anima le sue emozioni. Quando sentiva che un sentimento forte stava per stravolgerlo, lo nascondeva sotto le pietre. Se proprio vi era costretto dalla situazione, manifestava le sue emozioni in modo spudorato e violento, come il giorno in cui passò a Loghelis un raccoglitore di stracci vecchi che dava boccette di profumo e palloncini da gonfiare in cambio di roba usata. Per un profumo al mughetto e un mazzo di palloncini Gruchitta lo fece entrare in casa e gli diede una sacchetta di maglioni slabbrati e calze bucate. Mai l'avesse fatto! Ziropu scatenò la sua gelosia a maleparole e alzò anche le mani. «Sa istrale ti ghetto se fai di nuovo entrare uomini in casa!». Quando scoprì che Gruchitta gli aveva invitato anche una chicchera di caffè, dalla piattaia merlettata con ritagli di carta da bottega prese le tazze a una a una e le spaccò sul pavimento di graniglia. Anche i palloncini fecero una brutta fine. Il profumo lo scolò nella griglia della stalla imprecando: «Meglio il piscio di porco di questa titulia!». Per qualche tempo l'odore del mughetto s'impastò con quello acre del letame urinato.

Dopo l'incidente, a Benignu sono andato a visitarlo ogni domenica alla Casa degli Invalidi. Ancora oggi, appena arrivo nel piazzale, lo trovo col muso incollato alla finestra che dà sulla valle. Quando entro nella sua stanza saluta con un sorriso e mi dice sempre la stessa cosa: «Sai che anche oggi mi sembra di sentire ancora tra le nari quel sentore di violette e letame?». Fino all'ora di pranzo mi racconta la sua vita, e quando parla di Redenta Tiria i suoi occhi si condiscono di gioia e prova ad alzarsi dalla carrozzina per camminare, stringendo i denti e mostrando i nervi gonfi delle braccia. Quando è costretto a sbattere il culo sul cuscino ricamato, con un gesto di rassegnazione antica esclama: «Questo è pretendere troppo! L'importante è che sono vivo! Vero, Battì?». Quello che gli successe prima della disgrazia, lo leggerete qui di seguito: vedete voi se credergli o meno. A me certe cose le ha raccontate a rate, io le ho solo ricucite alla buona e, per il rispetto che gli devo, lascio che sia lui a parlarvi.

Di giorno e di notte la nostra casa nel vicinato di Sos Tres Bundos somigliava a un formicaio. Bestie e gente che s'incrociavano, scambiando misteriosi sguardi d'intesa e compassione per un destino che li aveva riuniti in quel recinto di pietre sconciate e assi di quercia legate con fil di ferro. Il vicinato di Sos Tres Bundos si chiamava così perché quasi un secolo prima erano nati tre servi pastori, figli di un padre che non li lasciava tornare dall'ovile neanche per l'ostia delle feste comandate. Quando divennero grandicelli, stanchi del nervo e del pane rimproverato a ogni boccone, se lo scannarono di comune accordo e lo diedero in pasto ai corvi. Aiutati dai vicini di pascolo, riuscirono a sfuggire alla giustizia e s'imbarcarono per il continente. Nella punta di S'Ungia 'e Crapa, dove avevano l'ovile e lo impalarono sfrissurato, si dice che prima di andarsene lasciarono tre maschere demoniache scolpite nel legno del perastro mandorlino: tres caras de bundos. Da allora, il vicinato lo chiamano de Sos Tres Bundos, dei Tre Demoni, perché se non fossero stati imparentati col maligno, su babbu, anche se tiranno, non lo avrebbero ridotto così, ma solo ucciso.

Certo che nascere in un vicinato come quello fortuna non ne porta. Per me almeno è stato così, e anche per buona parte del mio fratellame. La svolta alla mia vita e a quella di tutta la famiglia di Ziropu Seghegliu la diede il passaggio di una carovana di motociclisti che si erano dati appuntamento a Noroddile per un raduno provinciale. Babbu Ziropu per poco non diede di testa quando vide sfrecciare quei mostri rombanti che si piegavano in curva sino a potare l'erba delle cunette. Le moto gli sfilarono di fronte al carro come meteore imbizzarrite. Prese a frustare i buoi a sangue ma gli sembrava di stare sempre fermo ai bordi della strada, asfaltata solo a metà. Ai buoi la polvere, ai motori il catrame. Quel broùùùùùm broùùùùùm che si liberava dalle marmitte lucenti e affusolate come cosce di femmina gli stimpanò le orecchie, gli arrivò al cuore come una bomba. Un brivido così strano, accompagnato da un rilascio di emozioni intermittenti e forti come scariche elettriche, lo aveva provato solo la sera che aveva incontrato mama Gruchitta al rientro dalla stula. Se la era presa così, tra i semi di cisto che s'impigliavano tra i capelli e quell'odore di grano che le era entrato nella pelle, sceso sino al ventre.

Quella musica, che sapeva di benzina e di pistoni roventi, da allora lo accompagnò nel lavoro e nei sogni. I buoi non li truvava più, smanigliava con la mano e sputazzando saliva imitava il rumore delle moto. Broùùùùùm broùùùùùm! Nel sonno gli capitava di sterzare sul letto, piegandosi su un fianco e costringendo mama Gruchitta ad alzarsi prima del tempo. Broùùùùùm broùùùùùm! I suoi occhi accesi come fari lampeggiavano l'angoscia triste di non poter cavalcare e domare uno di quei mostri gommati, le nari canine si dilatavano in cerca di quel profumo che sapeva di vite andate. Con mio fratello Seppeddu lo scoprimmo a parlarsi anche da solo. «Corrono quelle bestie d'acciaio! Già ci vogliono i buoi!». Per lui le moto erano diventate un'ossessione, un qualcosa di cui non riusciva a liberarsi, perché l'uomo, nonostante i limiti, era consapevole del fatto che non avrebbe avuto né il tempo né le capacità per domare uno di quei mostri con le ruote a raggi.

Da quel giorno, comunque, divenne mansueto e gentile come uno dei buoi che gli passavano tra le mani per scozzonarli. Trattava mama Gruchitta con dolcezza e qualche giorno tornava a casa con un barattolo di more o un mazzo di gigli agresti. Lei quasi ne impazzì. Prese all'improvviso una bellezza che non le avevo mai conosciuto. Gli occhi le splendevano come pietre di fiume, le tornò perfino il sorriso sdentato di quando era stata bambina. Il giorno di un anniversario del loro matrimonio babbu Ziropu tornò a casa con una radio che sembrava un armuà. L'aveva presa di seconda mano da un elettricista. Per non rovinarla in strada, la sistemò davanti al carro, tra alcune balle di fieno. Merce contro merce, parole e musica contro due sacchi di grano e un viaggio di pietrame. L'elettricista gli aveva aggiunto in omaggio anche due pile di dischi, tondi e solcati come frese di pane crasau ripassate in punta di chiodo. La musica entrò nelle nostre stanze e nella nostra vita come una cocchèra, una ubriacatura di quelle che ti prendono per i capelli e non riesci a smaltirla manco se ti butti in un vascone d'acqua gelida. Alla fine cantavamo tutti, in una prova d'orchestra senza maestro, dove ognuno s'inventava uno strumento per inseguire vociando le melodie che uscivano dalla tramatura dorata dell'altoparlante.

Ogni tanto babbu Ziropu improvvisava con la sua voce tenorile ritornelli di canzoni famose. Sembrava aver dimenticato il suo amore per le moto. Ma così non era, perché qualche tempo dopo ci riunì tutti in cortile per comunicarci il grande evento. Pioveva come Dio solo la sa mandare quando è infuriato. Noi ce ne stavamo accoccolati come funghi sotto gli ombrelloni di tela verde. All'appello mancavano già Antine e Lilliu, che se li era futtiti la febbre terzana l'anno che le thitthule erano grosse come colombacci. In pochi giorni si erano gonfiati in un delirio anemico che li portò dritti al camposanto, nel filare degli innocenti. Babbu Ziropu aveva la camicia inzuppata, i calzoni di velluto che quasi gli scivolavano dalle cosce sotto il peso dell'acqua, il berretto che lacrimava un'aureola di gocce allungate. Tra la cinghia di cuoio crudo, fibolata con una piastra di rame che simboleggiava una protome taurina, s'intravedeva l'elastico allentato di un paio di mutande incolori. Non portava l'ombrello ed era orgoglioso di non averlo mai usato in vita sua. Roba da femmine lo considerava.

Si raspò la barba ispida col dorso della mano e iniziò a parlare a voce alta, per vincere il rumore della pioggia che stava diventando grandine e ticchettava sui lamoni delle stalle come una minestra di piombo freddo. Com'era sua abitudine, non la tirò troppo per le lunghe e arrivò subito all'osso. «Ho deciso!». Così disse prima di prendersi una pausa per puntarmi gli occhi addosso come canne di fucile. Sulle prime mi spaventai, perché pensai che per punirmi di chissà quale colpa mi avrebbe mandato a fare il servo pastore con tziu Cirranca, quello che era peggio del padre di Sos Tres Bundos, e i theracchi li faceva tornare a casa solo una volta all'anno, quando lo decideva lui. A fare il servo con lui si diventava bestie: ti crescevano le corna e la coda, ti dimenticavi l'uso della parola, la finivi a parlare con le querce o a innamorarti di qualche gallina. Uno che ha fatto il pastore con lui adesso occupa una stanza del mio pianerottolo: est macu de su tottu, di notte abbaia come un cane e di giorno bela come un caprone. Meglio fare tutta la vita il militare che lavorare con uno così!

Un fulmine saettò lungo il muro del cortile e poi andò a infilarsi nella colombaia di tzia Lentosa. I colombi si levarono in volo impauriti e babbu Ziropu riprese a parlare. Trattenemmo tutti il respiro dalla paura. «Ho deciso che compriamo una moto! La compriamo anche se dovesse venire giù a pezzi il cielo! Costi quel che costi, ripeto, la compriamo!». Lo disse in fretta, ostentando un sorriso da centauro in corsa che sfida la morte e la pioggia. «I risparmi ci sono, perché l'annata è stata buona e le bestie da domare sono sempre in aumento. La compreremo nuova» precisò «e la guiderà Benignu, che è il più grande, sa già andare a cavallo e non deve fare il militare». Che cosa volesse dire con quegli incisi non l'ho mai capito. So soltanto che Seppeddu, lacerando a stilettate il velo di grandine che ci separava, mi fulminò con un'occhiata invidiosa da caino, di quelle che non promettono niente di buono. In galera mio padre c'era finito due volte, la prima per una storia di buoi sgarrettati e la seconda per via di una stoccata durante una morra. Pur di avere una moto in cortile ci sarebbe tornato un'altra volta, ne sono sicuro.

Da quando le aveva viste sfilare sulla strada per Noroddile, la voglia di buttare il voette e impugnare un manubrio era diventata più forte di lui. Già si vedeva, spanciato sulla sella, col naso sul contachilometri e i gambali automatici che gli fasciavano i polpacci lunghi, affusolati e nervosi. Già sentiva le mani callose attaccate come radici di leccio alle manopole del manubrio. I buoi, quando si stancava di ammasedarli con le buone, li prendeva per le corna e li guardava dritto negli occhi, come a ipnotizzarli, a fargli capire che dovevano ubbidirgli a tutti i costi. «A t'arrendese o t'arrajo!» gli gridava. Con noi figli le buone maniere erano le stesse, solo che ci prendeva per le orecchie. Anche la sera della cerimonia in cortile mi parlava con lo sguardo come a uno dei suoi buoi, lasciando intendere che non c'era via di scampo: piacere o dovere, dovevo imparare a guidare la moto.

La scuola di guida pratica la feci con Birilleddu, che di mestiere guidava il motocarro della mondezza, ma viveva per la sua vera e unica passione: i motori. Aveva una Lodola 250, col motore potenziato e le marmitte strombate. La domenica pomeriggio, durante la passeggiata vespertina tra le curve di Parasatta e il rettilineo di Su Ponte, andava e tornava saettando come una fucilata, sfiorando le gambe delle ragazze in uno scalare musicale di marce, in uno stirare la cordicella dell'acceleratore sino ad arroventarla. Al battesimo di mio fratello Costanzu mio padre se lo fece anche compare, per averlo sempre a disposizione, con le mani e con i consigli. A campagna, col carro e con i buoi, non ci andavo quasi più, in attesa del grande evento che era fissato per la fine della primavera, a patente presa e a pratica sicura. All'esame mi presentò il farmacista, in cambio di una chisorgia e trenta litri di vino buono. A parte l'emozione, che vinsi d'anticipo facendo colazione con due frese di pane, quaglio e alcuni bicchierini d'acquavite, l'esame andò benissimo. Forse l'avrei passato anche senza la raccomandazione del farmacista, che era amico di caccia dell'ingegnere esaminatore.

Col foglio che mi rilasciarono, in attesa della patente originale che mi avrebbe spedito la prefettura, potevo già iniziare a guidare per le strade da solo, senza groppera. In attesa del mezzo di proprietà, Birilleddu mi prestò un vecchio Stornello con la cilindrata portata a 175 e il manubrio abbassato sino ai soffietti in gomma della forcella anteriore. Gli aveva cupolato il faro, accorciato la sella con pelle rossa borchiata e una piccola carenatura in lamiera. Era la sua moto di gioventù e, per non farla passare inosservata, l'aveva verniciata con un minio giallo, quasi fosforescente. Le ginocchiere me le ero fatte di sughero con due vajonedde e le fissavo con due strisce di camera d'aria. Agli inizi, una plancia di sughero me la infilavo anche nella schiena, per evitare di perdere qualche bistecca sull'asfalto. Con quella prima moto imparai a curvare e a impennare, ad accarezzare l'asfalto vellutato, ad ascoltare i lamenti del motore che si spandevano nell'aria come canti di launeddas.

Dopo qualche settimana, lo Stornello riuscivo a guidarlo anche a occhi chiusi, nella strada che da Abacrasta portava alla nostra vigna di Sas Monzittas. La moto nuova mio padre la contrattò mezzo milione tondo. Ci aggiunse anche trentamila lire di colore, perché scelse un rosso porporino, per mettere in evidenza le guance cromate che fasciavano il serbatoio con le ali della casa. Il modello, visto prima nel catalogo di un'officina, poi dal vivo in un salone di Noroddile, era uno Scrambler 450, con il manubrio ampio e la strumentazione a cartucce cromate. Arrivò ai primi di giugno alla stazione ferroviaria di Talisèri. Da lì la portammo a casa col carro, inghirlandata come la madonna di S'Urbale e benedetta con l'acqua santa che una mia zia suora aveva portato da Gerusalemme. La benedizione, con tanto di aspersorio e chierichetti, gliela diede don Ilariu, che alla fine della cerimonia legò al manubrio anche un panetto di foglie di palma, un portafortuna benedetto. A darle il nome ci pensò mio padre: «La chiameremo Thighinisa, scintilla!».

Finita la cerimonia, la portai in strada per montarla. Sfiorai col pollice l'alzavalvole e, con due pedalate a freddo e una a caldo, avviai il motore. Mentre si scaldava come un forno da pane, tutti i presenti si godevano lo spettacolo, rizzando le orecchie e con un leggero tremolio dei piedi. Lo staccato a battente di quel grosso pistone pompava dentro il cilindro, un utero rovente che partoriva ebbrezza e rumore. Strinsi fra le cosce la sella morbida e calda come un sanguinaccio, impugnai con forza il manubrio a corna di bue e scavallettai. Broùùùm broùùùm! Il motore cantava potente. Ci fu un grosso applauso e colò qualche lacrima. Qualcuno lanciò anche manciate di grano novello, boccioli di dalie e confetti, per festeggiare quel matrimonio anomalo tra la velocità e la lentezza, tra la biada e il petrolio, tra il bue e il motore. Rujola Priozza spaccò il piatto per terra, perché portava bene e allontanava le disgrazie, sas dirgrascias malas.

Solo mama Gruchitta rimase come assente. Pianse di nascosto, ma non di gioia. Pianse perché temeva come la febbre gli scherzi che il destino gioca ai cristiani. Lei, che la Voce non l'aveva mai sentita, il destino lo sapeva sempre appostato dietro l'angolo, ubriaco e strabico, arrajolato e puzzolente, pronto a sgambettare tutti coloro che a forza d'ignorarlo finiscono per inimicarselo.

Dritto e fiero come un bronzetto nuragico, puntai verso i tornanti di Sas Concheddas. Lì, come uno sposo antico, gustai il vento fino all'ebbrezza. Sfioravo appena l'acceleratore e lei, la moto, rispondeva sussultando coi fianchi robusti e mutando la voce della sua bocca cromata, che passava dal tenero al rabbioso. Nella salita le marce entravano rapide, precise. Lei saliva grintosa e agile come una delle nostre capre. In un pezzo di rettilineo tirai la quarta al limite e, dopo i quattromila giri, innestai la quinta per andare incontro all'orgasmo che la brezzolina di montagna portava dalle punte di Sos Thilingrones.

Broùùùm broùùùm! Era un piacere che andava e veniva, interrotto ogni tanto dalla potenza delle frenate che portavano le emozioni dalla canna del culo al cuore. La discesa verso casa la feci nello sterrato, lanciando a ogni sgassata manciate di terra scura oltre le cunette. Al rientro, mio padre mi guardò come una divinità. Aveva gli occhi intrisi di una gioia misteriosa, come neanche il giorno che mi aveva concepito.

«Sei il migliore, Benì! Tu da oggi ti dedichi a questa creatura rombante come a un fratello piccolo! Capito, Benì? Guarda che non ti dico altro, eh!».

Qualche anno dopo, corri che ti corro, mi accorsi che ero cresciuto senza affetti e senza speranze. Vivevo con la moto e per la moto, parlavo solo di carburatori, di alimentazione, forcelle, testate, fasce e pistoni. Persi gli amici, dimenticai i lavori di campagna e divenni mustrencatore di professione, di quelli che le bestie gli vanno appresso anche quando non le vogliono rubare. Iniziai anche a bere senza criterio, convinto come tanti paesani di dare così una soluzione ai problemi dell'esistenza. In fondo ero solo uno che si ammazzava tutti i giorni un poco, un suicidio lento, da minchioni.

Babbu Ziropu, passata la sbronza dei motori, era tornato il padre padrone di sempre. Non perdeva occasione per maledire l'ora in cui aveva deciso di portarsi quel mostro in casa. «Bell'affare che ho fatto!». Gli altri fratelli non mi consideravano neanche, mi trattavano come un serpente in letargo. Quelli del vicinato di Sos Tres Bundos andavano dicendo in giro che ero un senza arte né parte, un mustrencatore che non lasciava pietra dove passava, un ladro senza carattere. Le donne della mia età e quelle più giovani mi chiamavano «quello della moto rossa» e mi tenevano lontano come un appestato. I miei bisogni di braghetta li sfogavo a casa di Ghelesia, una di Caràmas che accettava regali in natura e promesse di matrimonio. Una volta le portai anche una mucca viva.

Allora mi svegliavo ogni notte con il terrore di finire i miei giorni in solitudine, come un cane tignoso. Già me l'ero fatta bella a ridurmi così! Tante volte pensai anche di uccidere mio padre, per fargli pagare l'idea di avermi messo al mondo e di avermi fatto diventare quello che ero. Quando tornavo ubriaco a una mina, mi affrontava a male parole, per ricordarmi la fine che stavo facendo. Allora la voglia di spaccargli la testa con la scure mi prendeva fino a spossarmi. Mattina e sera la stessa litania: «A bel punto ti sei ridotto! Ma non te ne vergogni, ah? Assassinu che non sei altro, non vedi che a tua madre la stai uccidendo prima dell'ora?». Così com'ero mi aveva ridotto lui, dandomi ordini come un militare da quando avevo appena iniziato a camminare. Vai qui e vai là! Fai questo e fai quello! Bella mincia d'infanzia!

Mia madre, poi, l'aveva fatta invecchiare anzitempo, ingravidandola ogni anno come una pecora. E aveva il coraggio di lamentarsi. Lui aveva deciso di negarci l'istruzione, di tenerci lontano dal mondo, a sua disposizione come bestie nel recinto, da mungere col ricatto, la lusinga, la minaccia. Lui che da solo voleva fare da diga contro i mali del progresso, e poi, come un Ulisse barbaricino, si era fatto fottere dal rombo di sirena di quelle moto che sfilavano per arrivare a Noroddile. La nostra famiglia e quanto gli girava intorno erano sempre dipesi dai suoi umori, da quegli umori che mascherava o esibiva come trofei. Non appena si accorse che con la moto era entrata in casa un po' di libertà, che metteva confusione e rischiava di buttarlo giù dal suo trono di terracotta, si manifestò in tutta la sua violenta arroganza. Con chi poteva usava le mani al posto delle parole e a mama Gruchitta la trattava come una pezza da piedi. «Neche tua! Colpa tua, che non hai mai avuto polso con i figli!». La rimproverava a pranzo e a cena, come se la moto l'avesse voluta lei, come se avermi messo al mondo fosse una colpa. Mia madre viveva di rimorso e di pianto. Una vita come la sua non c'era da augurarla a nessuno.

Una sera che ci vide affrontarci a sputi e spintoni, disse a voce alta che se continuava così, lei l'avrebbe fatta finita buttandosi nel pozzo, che avrebbe seguito la Voce. «Meglio morta che così!». Io le volevo troppo bene per lasciarla arrivare a questo. Per lei avrei rinunciato al vino, alla moto, alle bardane e alle cattive compagnie. Ma a cosa sarebbe servito? Forse a niente. Perciò decisi di levare il disturbo, visto che il bubbone della famiglia ero io.

Un pomeriggio che avevo bevuto più del solito inforcai la moto e, tirandole il collo in uno sfiancante fuorigiri, salii fino alla punta più alta di Sos Thilingrones. Da lassù guardai Baràlai per l'ultima volta, con gli occhi velati dalla rabbia e i denti stretti in una smorfia di rancore. I tetti bruniti delle case si pavoneggiavano al sole, riverberando verso l'alto la musica del silenzio che imponeva la Mama del Sonno. Alcuni gheppi avevano abbandonato i nidi ombrosi dei picchi calcarei e sforbiciavano nel cielo terso quasi fossero acrobati. Fu in quel momento che sentii di nuovo la Voce. Non era rude e cattiva come la prima volta, ma affettuosa, simile a quella di una madre che ti invita a prendere sonno cantandoti qualcosa: «Ajò! Ajò, Benì, seguimi, che il tuo tempo adesso è veramente scaduto!».

Dentro di me la paura di morire s'incrociò con quella di vivere. Alla fine vinse la voglia di fare un dispetto al mondo, e soprattutto a mio padre. Con una pedalata secca misi in moto e scavallettai. La discesa mi sembrava un serpente scuro e oleoso. Le zummate dei parapetti che orlavano le curve erano spinte che mettevano le ali al mio angelo d'acciaio. Dal bordo delle cunette la gente si sporgeva per incitarmi a correre sempre di più. Sentivo gli applausi, le voci. «Vai! Vai, Benì, che sei il primo, il migliore!». Nell'aria profumo di catrame, di fieno secco, di velocità e metallo caldo. Prima del muretto che cintava la fontana di Colovè chiusi gli occhi e sollevai i piedi e le braccia per andare incontro alla morte.

La moto, dopo un breve volo, si sgranò sulle pietre scolpite come un rosario di viti e bulloni, lasciando sullo stradone brandelli di gomma e una scia di benzina. Riaprii gli occhi sopra un prato di asfodeli, convinto di stare già nell'aldilà, con tutti quegli steli imbiancati puntati verso il sole. Il cielo ballava, proprio come quando ero bambino e pressavo le palpebre con la punta dell'indice. Visioni schizzate, che viravano in fretta dal rosso arancio al nero, al verde chiaro, al vinaccia cupo. Solo quando si avvicinarono le prime mosche mi resi conto che il Padreterno non mi aveva voluto, che la mia ora non era arrivata. Mi tersi il sudore denso e gelato con entrambe le mani, mi palpai fino alle ginocchia per vedere se avevo qualcosa di rotto. Niente, neanche un graffio. Solo alcune sbucciature sui gomiti e un taglio poco profondo all'altezza della coscia destra.

Prima di mettermi a urlare per chiedere aiuto, provai ad alzarmi dando un colpo di reni. Merda santa! La schiena e le gambe non mi ubbidivano più, se n'erano andate per conto loro. Merda maledetta! Quando infilai la mano nella schiena, vicino all'attaccatura della cinghia, sentii uno strano scricchiolio e mi accorsi di essere sdraiato sopra un pettine di roccia che sporgeva dalla terra come una crosta. Allora decisi di non urlare, di aspettare in silenzio la morte.

Prima della notte arrivò Redenta Tiria. Teneva in spalla un sacco pieno di petali di rose. Senza dirmi niente li sparpagliò intorno. Lì per lì pensai che fosse un angelo venuto per portarmi in cielo. «Dove andiamo?» le domandai. «A vivere!» mi rispose, inchinandosi per farmi una carezza. «E come faccio? Non vedi che ho le gambe morte?». «Il tempo, che non muore mai, ha sempre camminato senza gambe: imparerai da lui!». Si distese per un po' accanto a me e mi prese per mano. Dalla punta delle sue dita travasò dentro di me la forza di mille gambe, la luce di mille soli.

Non so quanto durò quel momento. Ricordo solo che quando si alzò per andarsene mi sussurrò: «Non ti muovere, che adesso vado a cercare qualcuno per portarti via!». La notte mi trovò Boelle il cantoniere, che aveva sognato una donna scalza che gli diceva di recarsi alla curva del parapetto sventrato di Scolovè e guardare in basso. «Vai che c'è da salvare un bambino appena nato!» gli ordinò.

In ospedale, anche se non è mai venuta a cercarmi anima viva, sono veramente nato per la seconda volta. Mio padre disse in famiglia che per loro ero morto e sepolto. A raddrizzare questa schiena spezzata non ci ha pensato mai nessuno. Troppi soldi e troppi rischi, hanno sentenziato tutti gli specialisti che mi hanno visitato. Io però non mi sono mai arreso, finché ho incontrato suor Giovanna, che sembra la sorella gemella di Redenta Tiria. Solo lei e la forza che mi ha dato la femmina cieca non mi hanno mai abbandonato. Nel dolore mi hanno fatto da padre, da madre e da Padreterno. A Redenta Tiria devo la vita, a suor Giovanna la carrozzina e questa voglia di ascoltare ancora il vento gelido che soffia tra le imposte delle finestre che guardano oltre l'infinito della Casa degli Invalidi di Abacrasta.

17
CIRIACU PISTOLA

La Corte non gli riconobbe neanche le attenuanti generiche, vent'anni di galera tutti da scontare. Allora ne aveva trenta, sarebbe uscito a cinquanta, con qualche capello in meno e i denti consumati dall'indignazione dell'onta subita.

«Omicidio volontario con l'aggravante della premeditazione».

Prima che i giudici togati si ritirassero, piegando il faldone in una cartella giallina, Ciriacu Pistola lo giurò di fronte a loro e di fronte a Dio:

«Io a Dionigi Lamentu non l'ho ucciso! State condannando un innocente!».

Quattro guardie carcerarie gli infilarono le manette ai polsi e, passando per i sotterranei del tribunale, lo caricarono nel gabbiotto blindato del cellulare parcheggiato in cortile. Destinazione carcere di Albudero, una vecchia fortezza medioevale adattata a prigione per delinquenti ad alta pericolosità sociale. Nella calura estiva, durante tutto il viaggio, solo una breve sosta per una sigaretta.

«Dieci minuti!» disse il brigadiere Casu. «Se devi

bere o pisciare fallo in fretta, perché queste cose all'aria aperta le rifarai solo fra vent'anni».

Glielo disse così, senza cattiveria, e gli tolse anche le manette, perché lui di criminali se ne intendeva, e Ciriacu Pistola, nonostante quel soprannome, non aveva la faccia di uno che si sarebbe messo a correre nel dirupo rischiando di beccarsi una sventagliata di mitraglietta.

I polsi indolenziti, le mani intorpidite a forza di tenere i pugni chiusi dalla rabbia, Ciriacu cercò di aprire la braghetta per orinare. Se la trovò ridotta a un peduncolo. Per non pisciarsi i pantaloni si ritrasse ad arco e cercò di sforzarsi spremendo i reni come spugne. Aspettò così qualche minuto e poi si arrese. Non gli uscì un goccio.

Lo rimisero nel gabbiotto a polsi liberi. Per non farsi venire il voltastomaco dalla lingua d'asfalto che si lasciava inghiottire in senso contrario dalle ruote, Ciriacu chiuse gli occhi e si mise a pensare.

Lo avevano arrestato sei mesi prima, qualche ora dopo il delitto, mentre era intento alla prima mungitura delle pecore. Erano arrivati all'ovile in trenta e gli avevano intimato di buttare le armi e alzare le mani. Lui aveva lasciato una bestia munta a metà e aveva ubbidito. Da quel momento era iniziato il suo calvario, prima destinazione Badu 'e Canes. Colloqui con gli avvocati di fiducia (il padre ne aveva nominato due tra i migliori di Noroddile), vita da cortile, televisore acceso tutto il giorno, interminabili partite a dama e a briscola, dove si vinceva solo il tempo che passava lento.

«Vedrai che già ne esci pulito!» gli dicevano i compagni di cella. «Contro di te non hanno uno straccio di prova, solo voci e indizi!».

Gli indizi erano una camicia sporca trovata a casa di Dionigi Lamentu, un bicchiere con le sue impronte, un fazzoletto intriso di sudore svaporato. Le voci tante, a cominciare da quelle che lo dicevano amante di Rimunda Carteri e a finire con i problemi di pascolo che c'erano stati con la vittima. Dionigi e Ciriacu si erano affrontati qualche volta a roncolate e male parole per i confini delle loro tanche di Sos Pedicurzos e Sas Umbrosas, ma poi era sempre finita davanti a un fiasco di vino, senza rancore.

Gli uomini erano di quella pasta, quando si odiavano erano capaci di staccarsi la testa per un palmo di terra, per una rete messa male, per quattro pecore che andavano ad abbeverarsi nella sorgente sbagliata. Quando erano in pace, però, si scambiavano pranzi e favori: erano compari di leva e la comparia andava onorata.

A Rimunda Carteri se l'erano contesa per qualche anno, poi Ciriacu si era arreso, quando aveva capito che altrimenti l'avrebbero finita davvero a fucilate. La sera dell'omicidio Ciriacu aveva aiutato Dionigi a scaricare un carrello di balle di fieno, poi erano tornati a casa sua per cenare. Prima di salire sul trattore andarono a rinfrescarsi a petto nudo nell'abbeveratoio. Si buttarono manciate d'acqua addosso, giocando come bambini, rischiando di trasformare lo scherzo in tragedia, com'era loro abitudine.

«Agàbala! Finiscila, Dionì, mì che ti strampo a terra!».

«Provaci, se ti basta il coraggio! Non ti è bastato il tanto che ti ho dato l'ultima volta? Ancora ne vuoi? Pensa piuttosto a cambiarti quella camicia strazziolata che ti sei tolto, che così non fa a portarti a casa!».

Mentre scaricavano le balle, un capo di fil di ferro si era impigliato sulla schiena di Ciriacu e, con uno strappo lungo, gli aveva aperto la camicia in due.

«E dove me la trovo una camicia netta a quest'ora? In butteca?».

«Non fare storie, minchione! Te ne presto una da lavoro delle mie. Guarda che sono appese ai ramponi dell'ingresso, vicino alle tute e ai calzoni da mungitura».

Ciriacu appallottolò la camicia strappata e la buttò per terra, vicino ai sacchi del mangime. Si pettinò i capelli con le mani e mostrò i suoi denti candidi a uno specchio rigato che pencolava dal muro.

Salirono sul trattore e si misero in viaggio per tornare ad Abacrasta. Era l'ora in cui il sole disegnava lunghe ombre sbriccate sulla piana di S'Avenargiu. Nel cielo, oltre la punta di Urture, galleggiava lentamente una nuvola bianca che aveva sembianze di cristiano devastato dalla lebbra.

Parcheggiarono nel grande cortile e staccarono il carrello dal trattore.

«Iiih, che tardi che avete fatto! Ero quasi in pensiero!» disse Rimunda uscendo per salutarli.

La cena era a base di agnello al sugo, salsicce arrosto, formaggio nuovo alla pietra, tanto vino nero. La cucina rustica dei Lamentu sembrava una fornace. Si fecero il primo bicchiere, poi Dionigi si allontanò un momento per controllare due pecore che aveva messo in isolamento dentro un piccolo recinto di blocchetti. Gliele aveva investite una macchina e dovevano avere qualche emorragia interna.

«Da bere e da mangiare, dato gliene hai?».

«Sì, due volte» rispose la moglie.

Quando tornò dal cortile, Dionigi aveva lo sguardo rassegnato:

«Sono da macellare entro domani! Fanno sangue in bocca e non hanno toccato mangime».

Prese il fiasco e riempì di nuovo i bicchieri fino all'orlo. Di fronte al camino acceso Ciriacu attizzava il fuoco e voltava le salsicce nello spiedo, facendo ogni tanto scolare il condimento sul pane bagnato in una canistedda. Il calore del vino, aggiunto a quello del fuoco, gli dava un aspetto luciferino, nonostante avesse i lineamenti di un Gesù Bambino rubato a un'icona.

Guardava Dionigi che gli sedeva di fronte e, appena poteva, buttava gli occhi addosso a Rimunda che armeggiava tra i fornelli con mestoli e casseruole. Il sudore gli colava a ondate dalla fronte e il fazzolettone quadrettato sembrava una palla bagnata. Lo appoggiò sul bordo del camino e lasciò che il sudore acre colasse sul viso bruciandogli gli occhi.

«Assaggia se va bene di sale, Cirì!» gli disse, avvicinandosi con un cucchiaio di legno pieno di sugo fumante.

Ciriacu sfiorò il condimento in punta di lingua ed esclamò:

«Vonu, raju! Questa è cosa che fa resuscitare i morti! Complimenti alla cuoca!».

Rimunda ebbe una vampata di rossore al viso, poi, voltando le spalle per tornare alle sue faccende, domandò:

«Volete mangiare prima l'agnello in umido o le salsicce?».

«E dove si è visto mai?» rispose il marito. «Le salsicce le spostiamo dal fuoco e le mangiamo dopo, così non si seccano!».

Si fecero l'ennesimo bicchiere e si accomodarono a tavola. Quando si alzarono, con le gambe tremule tremule per la bevuta e la mangiata, erano toccate le dieci. Prima di dispedirsi, Ciriacu si rivolse a Dionigi con un tocco d'ironia:

«Troppo buono quel formaggio filante, compà! Ma del vostro è? Mi sembra che voi non ne sapete fare così buono!».

«Curre curre,» rispose lui «che io devo tornare all'ovile a separare gli agnelloni dal resto della roba».

«A vederci in salute! Buonanotte, Rimù, e di nuovo complimenti e grazie per la cena».

Quelle furono le ultime parole che si scambiarono i due compari di leva, perché da quel momento non si videro più. Per la precisione, Dionigi non vide più nessuno, perché lo trovarono cadavere verso la mezzanotte, disteso nella soglia d'ingresso della casa di campagna, con le gambe in fuori e il resto dentro. Stringeva ancora in mano la bottiglia del vino, come se avesse brindato dallo stesso bicchiere con il suo assassino. Il volto devastato da un'unica scarica di pallettoni, una sola fucilata a bruciapelo che lo aveva spostato di qualche metro.

Chi gli aveva fatto il lavoro era gente che conosceva, «gente di dentro», come dissero subito gli inquirenti.

La camicia, il bicchiere, il fazzoletto, le vecchie liti per gli sconfinamenti, l'amore non corrisposto per la moglie del defunto, la passione dell'imputato per le armi da fuoco, tirando le somme, in tribunale, fecero vent'anni giusti. Il padre di Ciriacu, tziu Bachis Manteddu, seguì il processo in silenzio, pagò gli avvocati, poi tornò a governare il bestiame di famiglia con un servo pastore che aveva assunto per sostituire il figlio. Al momento della sentenza non gli scappò né un commento né una lacrima. Solo un'ombra triste gli velò gli occhi per un attimo, poi ridivenne l'uomo arcigno di sempre, con la camminata a petto in fuori e lo sguardo fiero di chi sa sfidare il mondo senza tremare di fronte a niente.

Era rimasto vedovo quando Ciriacu aveva appena sei anni, a fare da padre e da madre al bambino, in un paese come Abacrasta dove a volte le donne sbrigavano meglio anche le faccende da uomini. A Ciriacu il soprannome di Pistola glielo aveva affibbiato proprio lui da piccolo, quando gli aveva insegnato a sparare sui tronchi e sui bidoni di latta. Ciriacu aveva un occhio di falco, buttava giù il bersaglio a trenta passi senza prendere la mira. Da militare i superiori se lo guardavano a bocca aperta, perché un tiratore scelto come lui non ce l'avevano in tutto il battaglione.

Quella passione dichiarata, più quell'altra meno

apparente ma non ignorata, trasformarono gli indizi in prove certe e gli aprirono le porte del carcere di Albudero. A vederla da fuori, quella prigione sembrava altro, un museo, la sede di un municipio. Dentro invece metteva paura, una rotonda che allungava a raggiera i suoi bracci verso l'occhio reticolato del cortile, quello dove i detenuti trascorrevano le ore d'aria indaffarati a far niente.

Delle vicissitudini e del comportamento di Ciriacu durante quegli anni qui è inutile dire. Basti sapere che non ebbe mai uno screzio con nessuno, né con le guardie né con i compagni, e che molto del suo tempo lo passò a leggere i libri che passava la biblioteca.

Tra quelle mura scalcinate e segnate con le unghie da nomi, indirizzi, cuori trafitti, parolacce e disegni osceni, la Voce non si era mai fatta sentire. E dire che Ciriacu l'aveva a lungo aspettata, per arrotolare il lenzuolo e appendersi alle sbarre della finestra a bocca di lupo. Era entrato dentro un giorno che l'odore di salsedine penetrava nella pelle e il rumore del mare arrivava nelle celle miagolando insieme al vento rovente di scirocco.

Ne uscì invecchiato dal dolore. Fuori non era cambiato niente, solo i modelli delle auto e dei motorini, la divisa del vigile che regolava il traffico vicino al portone, i lampioni che accerchiavano la vecchia fortezza. La gente di mare era rimasta come l'aveva lasciata vent'anni prima, pantaloncini, camicie colorate, occhiali da sole, pelle bronzata, andatura veloce di chi va senza sapere dove andare, di chi è indeciso tra il nuotare e il camminare.

Tziu Bachis non aveva mandato nessuno a prenderlo. Domandò al vigile informazioni sulle partenze delle corriere e, con le buste di plastica in mano gonfie di cattivi ricordi ed effetti personali, si diresse verso la stazione. Il primo pullman per Noroddile partiva nel tardo pomeriggio. Da lì, se gli orari non erano cambiati, avrebbe fatto in tempo a prendere l'ultimo postale per Abacrasta.

Il sole picchiava duro come un martello. Da un ambulante di colore comprò un paio di occhiali scuri a goccia e li inforcò sulla sella del naso. Con quelli vedeva tutto verde cetriolo, le sedie dei chioschetti all'aperto, il cielo, un aereo che spiccava il volo come un grosso gabbiano.

Fece il biglietto e si buttò sopra una panchina, a osservare il mondo che gli girava intorno, a riabituare i sensi ai rumori, agli odori, ai colori. Quando gli passò davanti un signore magro che vendeva gelati con il suo carrettino a pedali, si avvicinò e ne ordinò uno.

«Mi riempia il cono più grande che ha!» gli disse.

Quello lo guardò strano poi domandò quasi scocciato:

«Che gusto?».

«Faccia lei!» rispose Ciriacu.

«Quello al limone è una specialità della casa».

«Va bene» disse Ciriacu.

Tornò a sedersi. Leccò il gelato lentamente, quasi a contare i giorni persi in carcere, sepolti senza croce tra le quattro mura di una cella dove adesso marciva qualche altro cristiano. Forse innocente, come lui.

Arrivò ad Abacrasta che era già buio. Le lampade a pera che sputavano la loro luce mielosa per le strade non c'erano più. Al loro posto, lunghi lampioni con lampadine bianche che sembravano bocce di neve. Il padre lo accolse con un abbraccio freddo e una bottiglia di vino buono che aveva messo a infrescare dentro il pozzo.

Quella sera non si dissero niente. Solo si guardarono, annusandosi a vicenda come cani che si rincontrano dopo essere stati separati dalla malasorte.

«Buonanotte e a domani» si dissero prima di coricarsi.

«Riposati, che di cose serie ne parliamo domani» aggiunse tziu Bachis.

«Mi sono riposato per vent'anni» rispose il figlio. «Credo che uscirò a farmi un giro in paese».

Si fece una doccia nel bagno nuovo, si cambiò e uscì. Abacrasta, in vent'anni, era cambiata. Case nuove al posto delle vecchie, serrande, avvolgibili, inferriate alle finestre pianoterra, bar con le insegne al neon, adolescenti ubriachi che giocavano alla morra in un prato di lattine di birra, un giardino pubblico con una grande piscina vuota, le facciate delle chiese truccate come vecchie prostitute, due sale giochi, quattro pizzerie all'aperto, la gente che andava e veniva per il corso senza sapere dove andare veramente, come quella di Albudero, solo che lì almeno c'era il mare che teneva compagnia con la sua voce buona.

I giovani armeggiavano con i telefonini, mandando messaggi ad altri giovani che erano a cento metri di distanza.

Con i baffi e gli occhiali da sole non lo riconobbe nessuno. Sotto la casa di Rimunda un giovane se ne stava seduto al fresco sorseggiando un birroncino. Aveva l'aria di uno che socializzava poco. Quando i fari di una macchina di passaggio gli illuminarono il viso, gli sembrò di vedere una sua foto da militare. Aveva il suo naso, la sua bocca, lo stesso taglio delle ciglia a volo di falco. Tirò dritto, a parlare con la vedova ci sarebbe andato l'indomani a mente sgombra dai ricordi. In cielo non c'era una stella, solo nuvole d'aria calda che salivano dal fiume Alenu come bolle di sapone.

Arrivò fino a punta Sos Alinos e si sedette sopra un vecchio tronco a guardare il paese dall'alto. Il rumore delle marmitte strombate dei motorini copriva il canto delle cicale.

Si addormentò lassù fino a quando non lo svegliò l'umidità della rugiada che gli stava entrando nelle ossa. Alla sorgente della miniera abbandonata, infilò la testa dentro la vasca di pietra e ce la lasciò fino a quando non sentì mancare l'aria nei polmoni. In galera, per non infiacchirsi, faceva due ore di ginnastica al giorno. A cinquant'anni, almeno nel fisico, ne era uscito più forte di come era entrato.

Tornò in paese a passo d'atleta, pensando alle domande da fare a Rimunda Carteri. Bussò tre volte al portoncino e gli aprì il giovane che aveva visto la sera prima seduto al fresco.

«Questa le sembra l'ora di svegliare la gente? Desidera?» gli domandò.

«C'è la signora Rimunda? Vorrei parlarle» disse Ciriacu.

«O mà! C'è gente che ti vuole».

Rimunda uscì dalla penombra come un angelo. Era ancora bella e indossava una lunga camicia da notte leggera, color turchese a fiorellini bianchi. Si sfregò gli occhi con le mani per vederci meglio. Lo riconobbe subito e lo accolse in cucina, come se lo stesse aspettando, come se il tempo non fosse passato.

«Entra che metto la caffettiera e ti faccio il caffè!».

La cucina era ancora come l'aveva lasciata quella sera in casa Lamentu. Di nuovo solo un grande televisore, un impianto stereo, un computer e libri sparsi dappertutto.

«Quello che ti ha aperto la porta è mio figlio Dionigi. È nato sette mesi dopo il tuo arresto. La buonanima è morto senza sapere che aspettava un erede».

«Non ne sapevo niente» rispose Ciriacu. «In vent'anni non ho avuto un'ora di colloquio con nessuno. Solo mio padre mi ha scritto qualche lettera, per dirmi delle annate buone e cattive, del prezzo del latte e del formaggio, dei funerali e dei matrimoni. E basta, manco fossi figlio di nessuno».

Rimunda portò in tavola il vassoio con le tazzine.

«Quanto zucchero?».

«Niente! In carcere mi sono abituato a gustarlo amaro».

Rimunda non raccolse, si allontanò un istante e tornò con un cestino di biscotti. Con calma, iniziò a inzupparne uno nel caffè. Fissando la tovaglia di tela cerata, gli chiese:

«E cosa mi racconti?».

«Niente di particolare. Pena scontata fino all'ultimo giorno, libero senza l'obbligo della firma, una parte della mia vita data in pasto ai maiali come fosse una fetta d'anguria sfatta».

Rimunda non trovava la forza per reggere il suo sguardo.

«Tu, piuttosto, dovresti avere molte cose da raccontarmi. Se ho avuto il coraggio di fare la prima visita a casa della moglie di colui che avrei ucciso, è perché vorrei avere la risposta ad alcune domande».

Rimunda lasciò affogare il resto del biscotto nella chicchera, e con una mano si tirò indietro i capelli. Non avevano un filo di bianco, erano ancora tutti rossi e ondulati come la barba delle pannocchie.

«Te le faccio tutte insieme, poi, se decidi, mi rispondi con comodo, altrimenti alzo i tacchi e non mi vedrai mai più».

Rimunda tossì e sollevò lo sguardo verso i primi lampi di luce che s'infilavano tra gli scurini della finestra.

«E quali sarebbero queste domande?».

Ciriacu aprì a ventaglio le dita della mano e fece finta di contare.

«Perché durante la fase delle indagini non hai aperto bocca? Perché non sei venuta a testimoniare al processo? Tu sapevi che io ero innocente. Sono anche sicuro che conoscevi il nome dell'assassino di Dionigi. Chi era? Chi è? È ancora vivo?». Rimunda inghiottiva saliva. Il suo viso iniziò a rigarsi di lacrime. «Ti giuro che non voglio sporcarmi la coscienza uccidendo qualcuno. Non ho intenzione di tornare in galera. Voglio solo sapere per capire. In questi vent'anni non ho fatto altro che cercare di dare una faccia e un nome a quel lazzarone che mi ha messo quella croce sulle spalle».

Rimunda singhiozzava senza rispondere. Ciriacu finì il caffè e fece per alzarsi.

«Adiosu, Rimù! A non rivederci mai più! Spero che tu continui a vivere in pace con la tua coscienza sporca!».

Quando Ciriacu si stava allontanando per uscire, Rimunda lo chiamò:

«Aspetta, Cirì! Torna a sederti! Non andare via, che questo peso che mi porto dentro lo posso dividere solo con te».

In un pianto liberatorio, interrotto soltanto da brevi pause, gli raccontò tutta la verità. Il giovane che gli aveva aperto la porta era figlio di suo padre, Bachis Manteddu. Si era preso il suo amore a forza, quella settimana che era andata a fargli le punture per curargli il fuoco di Sant'Antonio. Non aveva detto niente a nessuno, e quando le era scomparso il mestruo le era venuta la febbre dalla paura. Che Dionigi non poteva darle figli, dopo una visita specialistica, lo sapevano solo in tre, lei, l'interessato e il medico di Noroddile.

Il giorno dell'omicidio, quando loro erano in campagna a scaricare le balle di fieno, tziu Bachis si era presentato in casa, minacciandola di tapparsi o di abortire.

«Se provi a dirlo a Dionigi, vi ammazzo tutti e due. Anzi tutti e tre, visto che c'è di mezzo anche quel burdo!».

Lei rispose che avrebbe aspettato il giorno successivo, poi glielo avrebbe detto e gli avrebbe chiesto perdono.

«Mira che te lo ammazzo stasera quando va ad accorrarsi gli agnelloni. Attenta, Rimunda, attenta! Non scherzare col fuoco! ».

Dopo la morte del marito, Rimunda completò in lutto la gravidanza e si tenne la creatura. La chiamò col nome di Dionigi per far credere ai paesani che era figlio suo, ma si vedeva lontano un chilometro che quello era della razza dei Manteddu, dalla parlata, dalla camminata, dai lineamenti, da uno strano modo di sollevare la spalla destra ogni volta che incontrava qualcuno. La gente però fece due più due e pensò che quello era figlio di Ciriacu, il vecchio pretendente che non se l'era mai tolta dalla testa.

« Di sicuro che la buonanima aveva scoperto tutto! Per questo Ciriacu Pistola gli ha servito il "pappai" a bruciapelo, senza neanche prendere la mira ».

« Questa volta non si trattava di pascoli o sconfinamenti, roba di corna era! Altrimenti si sarebbero azzuffati e sarebbero tornati culo e camicia come le altre volte! ».

« Già era una testina calda, mah! Dice che manco si riconosceva dopo la spallettonata! ».

Così dicevano quelli di Abacrasta.

Salutò Rimunda e, col cuore in tumulto come un cielo prima del temporale, se ne tornò a casa. Non c'era nessuno. Il padre era in campagna ad accudire il bestiame.

Si buttò nel letto in cerca di prendere sonno. Non ci riuscì. Fissava il soffitto tentando di proiettare nello sfondo bianco le immagini di quanto era accaduto quella notte. Il padre che chiamava Dionigi per nome, lui che apriva riconoscendo la voce, la bottiglia del vino e il bicchiere per invitarlo come altre volte, la vampata della fucilata che gli spolpava il viso, il rumore del corpo che atterrava come un sacco di avena. Sdrummm!

In quel momento sentì la Voce che lo chiamava: « Ajò! Preparati, che il tuo tempo è scaduto! ».

Voglia di tornare in galera con l'accusa di parricidio non ne aveva, avrebbe dovuto passare il resto dei suoi giorni in carcere. Meglio morto! Guardò la cinta di cuoio che gli avevano restituito le guardie dopo vent'anni. Era ancora buona e resistente. Uscì in cortile e andò nel vecchio cagatoio. Le travi sotto la ternite erano un po' tarlate ma avrebbero tenuto il peso di un cristiano.

Avvicinò uno sgabello di legno, tolse la cinta e se la girò al collo. Toc, toc, toc. Qualcuno stava bussando alla porticina di fogli di lamiera inchiodati alle tavole.

«Ciriacu? Apri che tanto so che sei là dentro! Apri che devo parlarti d'urgenza!».

Nero di vergogna, Ciriacu si rimise la cinghia e aprì. Redenta Tiria mosse gli occhi spenti, come a studiarlo da capo a piedi:

«Scusa il disturbo, ma stamattina ho incontrato per strada un vecchio che mi ha detto di riferirti alcune cose importanti».

Andarono insieme in cucina. Redenta seguì il rumore dei passi e rimase in piedi. Accettò solo un bicchiere d'acqua fresca, prima di comunicargli le nuove che aveva per lui:

«Ho incontrato all'uscita del paese un vecchio che aspettava il postale. Mi si è avvicinato per chiedermi un favore. Un favore strano, per dir la verità, di quelli che pochi sarebbero disposti a fare. Si è presentato, mi ha dato le indicazioni per raggiungere questa casa e ha iniziato a parlare: "Per carità divina, vada da mio figlio Ciriacu e gli dica che suo padre non lo vedrà più, che lo consideri morto. Lui che è rimasto orfano da piccolo meritava un padre migliore, e io, per un capriccio, l'ho disonorato e reso orfano due volte. Gli dica che sono partito lontano, per portare la carena sporca a crepare altrove. Ho un brutto male che mi consuma dentro e non voglio spirare guardandolo negli occhi. Non ne ho più la forza né il coraggio. Ho taciuto come un vigliacco per vent'anni e non riesco a parlare adesso. Gli raccomandi di pensare a mio figlio, a suo fratello, che non lo abbandoni e lo tradisca come ho fatto io con lui. Quel ragazzo di carattere non sembra neanche un Manteddu. È buono, bravo e studioso. Che lo aiuti a prendersi la laurea e a sistemarsi, i risparmi sono tutti a libretto intestati a nome di Ciriacu Manteddu. Se può, che mi perdoni per il male fatto a lui, a Rimunda, alla buonanima di Dionigi. Addio!". Questo ha fatto in tempo a dirmi. Poi è salito sul postale che andava a Porto Cirros e ho perso la sua voce».

«Ma quest'uomo che hai incontrato, com'era?».

«Di preciso non so dirtelo. Io sono cieca dalla nascita, e delle persone che incontro mi faccio un'idea tutta mia. Lui doveva essere alto e autorevole, con un viso stanco squarciato da rughe di dolore rappreso, decorato da una canizie precoce. La sua voce sembrava venire da lontano. Mandava odore di velluto invecchiato sulla pelle e fischiava ogni tanto con la lingua tra i denti, come se gli mancasse qualche incisivo».

Quello che faceva la cieca era il ritratto di suo padre. Ciriacu si prese la testa tra le mani e chiuse gli occhi per trattenere le lacrime. Quando li riaprì, la donna scalza dai capelli corvini era scomparsa. Forse non era mai venuta, si era sognato tutto, la cinghia, la Voce, lo sgabello, quei discorsi.

Salì in camera da letto e si provò il vestito che aveva indossato il giorno del matrimonio di Rimunda e Dionigi. Gli stava ancora bene. Con quello e con un garofano rosso che aveva trovato sul tavolo della cucina andò a domandare in sposa la vedova dell'amico morto.

Per chi è scettico e non crede a queste storie, aggiungo che sono ancora vivi e felici. Dionigi si è laureato in Agraria ed è il responsabile del Consorzio agrario di Noroddile. Ciriacu è tornato proprietario grande, e con Rimunda la domenica vanno a portare i fiori in cimitero e lucidano l'angelo di bronzo che sta sulla tomba della buonanima, accanto alla lapide con la scritta:

«Mani crudeli lo strapparono alla vita, al lavoro e alla famiglia».

Ad Abacrasta, dove tutto è un mistero che si condensa in nuvole di fumo amaro, nessuno dice più niente. Solo tzia Rubinia Scarpuzza, la matta, parlandosi da sola ripete:

«Era scritto così! Era proprio scritto così dalla a alla zeta!».

18
LAZZARU PERDISCIU

Lazzaru Perdisciu è nato nel vicinato di Chentu Canes, il più povero del paese: poco lavoro, poco pane, poca felicità.

In quelle venti case tirate su a blocchetti e resti di mondezzaio l'unica cosa che sempre abbonda sono i bambini. Non fanno in tempo a camminare da soli che ne nascono altri, come se gli abitanti avessero fretta di trasmettere la loro unica eredità: la miseria.

Chentu Canes è a due palmi da Abacrasta, proprio sotto le spade calcaree del monte Ziloche. Quelli del paese, però, i diseredati di Chentu Canes li guardano come cani e li trattano peggio. Quel nomignolo maledetto glielo aveva affibbiato dopo la guerra prete Loricas, perché c'erano dieci baracche e cento cristiani, quasi tutti senza sacramenti e accoppiati alla macconazza.

Da allora il vicinato di Chentu Canes si è ingrandito, le casupole sono venti e i cristiani duecento, quasi a rispettare una regola sacra alla miseria. Nell'unica strada sterrata che lo taglia in due come una luscengola ancora oggi troverete lavatrici sventrate, motori di macchine e pezzi di carrozzeria, televisori spanciati al sole, galline, cani, maiali e tanti gatti da perderci il conto. Un passante sprovveduto si domanda subito cosa mangeranno quelle bestie. Resti mangiano, come i cristiani che vi abitano, vivendo di espedienti.

In una di quelle case, sopra una rete smollata e senza materasso, un giorno è venuto al mondo Lazzaru Perdisciu, figlio di Perilao e Timandra Sifone. Lo avevano chiamato Lazzaru perché aveva le gambe corte e semiparalizzate da una nascita difficile.

L'unica fortuna della sua vita fu che suo padre rubò a quelli della giostra un impianto stereo e una cassa di dischi. Attaccarono trenta metri di piattina al cavo della corrente che passava sopra le case, e via con la musica. Da quel giorno il vicinato di Chentu Canes sembrava un luna park. Canzoni a tutte le ore, dalle stazioni radio e dal piatto del giradischi. Quando i grandi erano in giro a trovare qualcosa per campare, Lazzaru lavorava di braccetto e manopole. Quella fu la sua salvezza, in tutti i sensi. Ascoltando la musica dei gruppi inglesi e americani, iniziò a ballare e a cantare da solo come un tarantolato. Twist, rock and roll e rhythm and blues a tavoletta. Prese ad allungarsi di gambe e di tronco a perdizione.

Perilao era sbalordito.

«Ma cosa lo stai, annaffiando, per farlo crescere così?» domandava alla moglie. Lei rispondeva sempre con un sorriso a sette denti:

«Tutto da me ha preso! Vedrai che questo diventa un cantante famoso. Non vedi come si muove? Non senti che voce? Un usignolo sembra!».

Nel 1965 Lazzaru aveva sei anni. Il padre lo portò a Noroddile per la prima volta, in groppa a una vecchia moto che si muoveva per miracolo. Nel tardo pomeriggio, in piazza Arborea, un impresario dello spettacolo presentava dei cantanti, gruppi musicali isolani, e selezionava nuovi artisti da lanciare. Il camioncino che pubblicizzava l'evento aveva fatto tutto il giro dei paesi del circondario.

«Avete una bella voce? Una bella presenza? Sapete ballare? Artisti di tutta la Barbagia, preparatevi perché è arrivato il vostro momento! Questa sera, alle ore 18,30, in piazza Arborea a Noroddile, non perdete l'occasione della vostra vita! Ore 18,30, ripeto! Ingresso gratuito».

Signor Gesualdo Paglia, così si chiamava il padrone di quella specie di circo musicale ambulante, era un tipo obeso, con una sottana di capelli fulvi, unti di sebo e malamente riportati sulla destra del cranio.

Quando toccò il turno di Lazzaru, il padre pagò diecimila lire a una segretaria lardosa e li fecero accomodare in una vecchia palestra. Il selezionatore, un esperto con movenze effeminate e ciglia finte, fece salire il bambino su una pedana, gli diede il microfono e mise su una base musicale. Era un disco di Chubby Checker: «*Let's twist again. Come on everybody...*».

Lazzaru iniziò a cantare con voce da nero, a torcersi sulle gambe e sul bacino, a muovere le braccia come un epilettico. Alla fine dell'esibizione li licenziarono con poche parole di cortesia:

«Il bambino ha talento da vendere. Forse un giorno diventerà qualcuno, ma al momento non è quello che stiamo cercando per le nostre serate. Buona fortuna».

Per procurarsi le diecimila lire Perilao e la moglie avevano fatto colletta in tutto il vicinato di Chentu Canes. Decisi a non tornarsene ad Abacrasta a mani vuote, padre e figlio si fecero un giro intorno al palco, dove gli artisti stavano provando le canzoni. Muri di amplificatori, pedaliere, tastiere, luci, batterie, sax, giraffe, colonne.

«One, two, three... prova, sà sà, prova...».

Appollaiato su una sedia di legno, di quelle apribili da spiaggia, un forestiero dai biondi capelli legati a codino dietro il collo provava la sua chitarra elettrica a freddo, senza spinotto, e ci cantava sopra un pezzo dei Cream, *Sunshine of your love.* Il ritmo degli accordi era secco e ossessivo, come un passu torrau suonato da un ubriaco. Dururu duru duddu duddu dururu. Lazzaru guardava e ascoltava estasiato. In quell'istante arrivò un tecnico del suono e chiamò l'artista sul palco:

«Ajò, Peter! Come on! Vieni a controllarti questo cavolo di testata del Marshall, deve essere partita qualche valvola!».

Il biondo lasciò la chitarra sulla sedia e con un balzo, da dietro le quinte, salì sul palco. Al volo, come un rapace, Perilao imbracciò la chitarra e, insieme al figlio, mischiandosi alla folla dei curiosi, si diresse al parcheggio dove aveva lasciato la moto. La vecchia due ruote mise le ali e in venti minuti arrivarono a casa. L'amplificatore per quella Gibson lo trovarono di seconda mano, un Meazzi valvolare riverniciato di rosso rubino.

Insieme a quella chitarra, Lazzaru si fece grande come cristiano e come musicista. Non imparò mai a solfeggiare, non lesse mai una nota o uno spartito, suonava e cantava a orecchio, suonava da dio e cantava ancora meglio.

Le prime esibizioni alle feste di paese le fece a tredici anni come ospite sui palchi degli altri. Poi vennero le serate da solista e il gruppo per conto suo, due ragazzi di Noroddile, uno alla ritmica e l'altro alla batteria, e una ragazza di Ispinarva al basso, Brigitta Bruscheris, che l'avevano chiamata così in onore della Bardot.

Tappe bruciate in fretta e le origini umili vantate a favola:

«Il maledetto del rock isolano! Il balente della sei

corde! Il genio di Abacrasta!». Così sparavano a balla i titoli dei giornali.

Il gruppo si chiamò prima Sos Poverilos, poi, a conti fatti, quando arrivarono i contratti milionari con le case discografiche e quel nome si era svuotato di significato, lo cambiarono in Chentu Canes, cento cani, come il vicinato, perché i cani erano solo in quattro, ma sul palco facevano per cento.

Dopo un periodo di cover straniere, iniziarono un loro repertorio in limba, cercando commistioni di generi che non si lasciavano attaccare manco a sputo. Un vecchio suonatore di launeddas che trovò il coraggio di parlare di «prostituzione» invece che di «contaminazione», a proposito del loro modo di slimbazzare la musica degli avi, lo presero per matto e non lo ascoltò nessuno. Invece di diminuire, il successo aumentò. Il miele dell'etnia impastata col rock e il blues attirava ai concerti i fan come vespe alla sapa.

I critici musicali del continente si sprecavano in superlativi e figure retoriche per cercare di definire una musica che non si lasciava definire, per cercare origini a quei suoni che erano solo figli del vicinato di Chentu Canes, della miseria nera come la voce di Lazzaru.

La storia vera della disperazione esistenziale di Lazzaru Perdisciu non la venne a sapere mai nessuno, perché lui la teneva nascosta sottopelle, come una vergogna, un peccato mortale. I genitori e i fratelli Lazzaru li aveva dimenticati ad Abacrasta. Ogni tanto mandava soldi e saluti, tornava e spariva a bordo di grosse macchine, come una meteora.

La gente del paese, che non era facile alla vanagloria e mal sopportava gli uccelli che volavano via dalla sua gabbia, sbrigava la faccenda con poche parole affilate:

«Lazzaru Perdisciu? Matto era e matto rimane!».

«Quello non tarderà a tornare a culo in terra! I

Perdisciu non sono gente abituata a godere tutto quel benessere! ».

« Vedrete che farà la fine delle pecore sciapate in un campo di erba medica, creperà di troppo successo! ».

Se quelli non erano malauguri, erano previsioni che si avvicinavano molto a quello che sarebbe successo più avanti.

Lazzaru girava il mondo in tournée. Macchine e aerei privati, femmine, una ne lasciava e cento ne trovava. La Voce, però, lo seguiva in ogni corno di mondo, aspettando il suo momento per sibilargli qualcosa all'orecchio. Fu una sera che stavano suonando a Monaco, in Germania. Trentamila spettatori paganti, striscioni che inneggiavano a lui e al gruppo, ovazioni già prima di salire sul palco.

« Kentu Kanes! Kentu Kanes! » gridavano molti giovani già sfatti di birra, canne e anfetamine.

Quando i quattro salirono sul palco, Lazzaru non fece neanche in tempo a finire il secondo pezzo, *Dolores de coro*. Si accasciò tra i fili delle pedaliere, sotto le luci stroboscopiche che giravano come furriaiole impazzite, con la vecchia Gibson ancora a tracolla. Era cianotico e il battito cardiaco suonava come il pedale della cassa di una batteria. Tum tum tutum tum. Lo ricoverarono d'urgenza, e già sull'ambulanza lo tracheotomizzarono per non farlo crepare durante il trasporto in ospedale.

Il referto dei medici fu impietoso: « Asfissia da cocktail di droghe pesanti ».

Lo stato di incoscienza gli durò fino all'alba, quando il colore del viso da cinerino virò al rosa cerato e il polso riprese a pulsare sangue lentamente. Gli trovarono il cuore a pezzi, il cervello in cortocircuito, il fegato strazziolato, i testicoli da dare ai cani. Lo trattarono con Inderal, Diazepam, ossigeno in posizione Trendelenburg (a testa in giù), lo immersero più volte in una vasca d'acqua fredda per difenderlo dalle temperature che superavano i 40 gradi, come quando picchiava il sole ad Abacrasta. Poi lo lasciarono riposare un po' di tempo, prima di cominciare la seconda fase, quella dell'«astinenza iniziale».

Dopo che fu dimesso, la terapia a lungo termine la continuò ad Abacrasta. I genitori avevano ammodernato la casa, dotandola di luce e servizi. Un bagno con le piastrelle lucide, piene di pesci smaltati e cavallucci marini, televisori a colori, cucina in formica con forno elettrico, divani e poltrone in finta pelle, letti con materassi morbidi alti un palmo, lavatrice nuova, frigorifero e congelatore per le provviste a lunga scadenza.

La sua stanza l'avevano tappezzata di poster di cantanti famosi e, al centro di una parete, ci avevano messo il suo, quando vestiva di pelle borchiata e collanine d'argento, con l'orecchino e un brillantino incastonato nel naso. «Lazzaru: la bomba del rock!». Lui le bombe se le sparava in vena, in una sfida sempre più rischiosa. Giocava con il fuoco e lo sapeva, da quando aveva iniziato a gustare la bang prima dei concerti degli esordi.

«Assaggia questa roba!» gli aveva detto un tecnico del suono. «Già ci vuole il vostro vino! Vedrai che botta!».

Lazzaru prese ad andare matto per quei cannoni che consumandosi emanavano odore di corda bruciata e gli facevano dimenticare le frustrazioni e le privazioni del passato. Viveva in uno stato di ubriachezza continua, cercando pane migliore di quello fatto con la farina di grano, come si dice ad Abacrasta. Col tempo, il gioco si fece più pesante: acidi, cocaina, eroina, intrugli con ogni genere di pasticche accompagnate da alcolici.

Il periodo più difficile per il recupero fu il primo inverno senza roba. Era un'annata di gelo e vento, con i vetri delle finestre che vibravano fin quasi a spaccarsi dal freddo. Gli spasmi gli azzannavano i muscoli come cani, i crampi gli strizzavano le interiora come stracci da pavimento. Insonnia permanente, agitazione, un'ansia pesante che lo rendeva inquieto e insicuro. Tremava a ogni rumore, scattava a ogni tocco di campana.

Fu quel brutto inverno che lo chiamò la Voce. Era appena tramontato il sole e lui era rimasto solo in casa. Le pareti sembravano chiudersi come un'enorme vagina, la penombra che portava i mostri notturni gli toglieva il respiro.

«Ajò! Preparati, che il tuo tempo è scaduto!».

Vide una mano leggera uscire dal buio e andò nel cassetto a cercare una delle sue cinghie chiodate. Ne scelse una nera, la più lunga. Quando salì nel gabbiotto del caposcala che dava al terrazzo per cercare il rampone di ferro conficcato nel muro, trovò la cieca scalza seduta sull'ultimo gradino.

«E cos'è l'idea?» domandò Redenta Tiria. «Già stanco di vivere prima di arrivare a quarant'anni? Ma non ti vergogni? Rimettiti in grazia di Dio e impara a campare coi piedi per terra, che volare non è cosa per uomini!».

Lazzaru Perdisciu, convinto di trovarsi di fronte a una visione, non rispose. Era sicuro di aver visto Santa Lucia in persona. Tanto gli bastò. Tornò in camera sua e, con cuore sereno, accese l'amplificatore. Infilò lo spinotto, imbracciò la vecchia Gibson e attaccò l'assolo di *Sunshine of your love.*

Da quel momento il sole di Abacrasta tornò a splendere anche per lui. Adesso ha aperto un negozio di strumenti musicali a Noroddile, ha allestito una piccola sala di registrazione, scopre e lancia nuovi talenti, indicandogli la strada per non cadere nel baratro degli inganni del successo. Ha sposato Brigitta Bruscheris, che dei tempi andati porta solo un tatuaggio a forma di farfalla sotto l'ombelico, segno di quelle serate sul palco, dove si credeva di volare senza ali. Hanno quattro figli piccoli, che non scambierebbero le corse a piedi nel vicinato di Chentu Canes con i giocattoli più belli del mondo. Quando vengono a passarci i fine settimana o le vacanze estive, corrono e saltano come cavallette, scalzi, sempre scalzi.

19
DELL'INCONTRO DELL'AUTORE CON REDENTA TIRIA

In chiusura, non è mia intenzione convincervi che le storie che avete appena letto siano realmente accadute. Se coltivate qualche dubbio, fidatevi almeno di quello che il narratore ha vissuto in prima persona, visto con i suoi occhi, toccato con le sue mani. Io a Redenta la cieca l'ho incontrata il giorno che sono andato in pensione.

Faceva freddo da tagliare l'aria con la scure, come quella lontana vigilia di Natale del 1950. I soliti auguri di buona vecchiaia, il panettone con l'uva passa, lo spumante che sapeva di acetosa e sughero, la lettera di encomio dell'amministrazione firmata dal sindaco su carta pergamena.

Prima di sera, sfidando il cielo gravido di nubi che marcavano l'arrivo di una tempesta di neve, salii in macchina per andare alla quercia grande, quella dove si era impiccato mio nonno, Menelau Graminzone. Avevo in bocca il sapore delle prugne dell'orto di mannai Juvanna, sentivo il prurito delle sue unghie raspose sulla nuca, ricordavo le sue parole:

«"Ajò! Preparati, che il tuo tempo è scaduto!". Solo questo dice, Battì! Poi allunga una mano invisibile e ti porta via».

A quella voce, che ancora non si era fatta sentire, avevo sacrificato anche l'amore per Cosima Thonca, una segretaria che veniva tutti i giorni da Thilipirches, bella da far tremare le gambe e gonfiare la braghetta solo con lo sguardo. Non perdeva occasione per ficcarsi nel mio ufficio a chiacchierare, intenzionata a togliere a badilate gli strati di terra dove avevo nascosto la mia anima. Io la mia anima l'avevo sepolta in un mare di fogli e d'inchiostro, alla ricerca di piaceri meno effimeri di quelli che passava l'esistenza di un impiegato dello Stato civile.

Alla fine non riuscivo più a trovarla. Mi sedevo di fronte al computer, mi chiamavo con cento nomi, mi davo mille volti, morivo e rinascevo sopra i registri, nelle storie che avevo iniziato a scrivere per seppellire il tempo morto. Avevo una casa di proprietà, la vittura turbodiesel, un po' di risparmi per pagarmi un bel funerale, ambizioni letterarie che non cagava nessuno.

Una volta che avevo spedito un racconto al paginone estivo di un quotidiano isolano, mi avevano risposto che era troppo crudo, senza speranza. La gente in spiaggia voleva cose più edificanti, divertenti, bugie per ingannare la noia, insomma.

Da quel momento ho scritto con ancor più convinzione, disposto a diventare famoso anche dopo morto, unica consolazione terrena dei grandi scrittori. Ogni notte mi preparavo una caffettiera da dodici e facevo l'alba sulla tastiera, per raccontare quello che succedeva ad Abacrasta, sicuro che così andavano le cose in tutto il mondo. Solo che noi avevamo la brutta fama, gli altri la nascondevano.

Durante le ferie, col passaporto in tasca, avevo visto quanto mi bastava per non farmi illusioni, per non lasciarmi vincere dalla tentazione di mettere su famiglia e battezzare degli infelici. A Bucarest come a Praga, a Parigi come a Los Angeles o Rio de Janeiro la gente rideva e soffriva uguale, facendo finta di vivere. Cambiava solo la cornice del paesaggio, la lingua per sfiatare i mille disagi del mestiere di comparse.

Il fuoco della scrittura che mi bruciava dentro il primo giorno da pensionato si era spento. Ciuff! Così, all'improvviso, come se ci avesse pisciato sopra un cavallo. Provai a ravvivarlo con l'acquavite ma niente, ne guadagnai solo un mal di testa e un dolore allo stomaco che pareva mi avessero preso a stoccate con la leppa.

All'improvviso, verso le cinque del pomeriggio, mi ero sentito l'uomo più misero del mondo, un imbecille che aveva vissuto per conto terzi, rubando acini guasti dai grappoli degli altri. Maledissi anche l'ora in cui avevo iniziato a scrivere, dicendomi che coglione che ero stato a non vivere come gli altri, morre, partite, battesimi, cresime, matrimoni, funerali, spuntini con trecento persone, nessuno in mezzo al niente.

Che si fottessero i malmorti, che forse avevano capito tutto e niente in anticipo. Per loro, che si lasciavano mangiare il cervello dal tumore maligno della quotidianità, mi ero giocato mezzo secolo di vita. Per loro e per quel piacere dannato che dà la scrittura, che è più subdolo di quello che danno i santi, le donne e il vino.

Cosima Thonca me l'aveva messa mille volte sul piatto e io ci avevo sempre sputato sopra, creandomi intorno una cintura di castità invisibile. Per non sognarla quando a volte mi addormentavo di fronte allo schermo del computer, caricavo una vecchia sveglia che facevo suonare ogni cinque minuti.

A volte entrava lo stesso di nascosto nei miei sogni, vestita con uno scialle uguale a quello di Santa Lucia, col muso sporco di rossetto e gli occhi pestati dal trucco pesante. Non faceva mai in tempo a spogliarsi, perché prima trillava la sveglia, carcariando come un gallo stonato. Una notte fece in tempo a dirmi anche poche parole che non ho mai capito bene:

«Battì, tu sei l'unico uomo che mi ha preso senza prendermi!». Chissà cosa mi avrebbe detto se continuava.

Mama Sepedda era sempre preoccupata per me, temeva che la Voce arrivasse all'improvviso, a portarle via quell'unico figlio maschio rimasto in casa. Doveva compiere ottant'anni ma ne mostrava molti di meno, come se il tempo rubato agli altri il Padreterno lo avesse voluto regalare tutto a lei.

Dalla morte di babbu Erricu non si toglieva il lutto manco d'estate, nero su nero, dalle scarpe alle calze, dai gonnelloni pincettati alle bluse. Solo i capelli avevano preso un colore di stoppie bruciate, un grigio fumo striato da ciocche più scure. Quattro sorelle sposate in continente, un fratello che aveva venduto il bestiame e si era fatto monaco trappista.

La morte poteva tornare a bussare all'improvviso, come un mendicante assetato, un ladro furbo, una bagassa spiantata. Meglio essere pronti, col nero già indosso, le mani giunte e il rosario in tasca.

A mio fratello Martine sono andato a visitarlo qualche volta, per portargli notizie fresche da Abacrasta e dirgli del libro che stavo scrivendo. Si era ritirato in un'abbazia francese poco conosciuta, quella di Notre-Dame-d'Acey, vicino a Besançon.

La prima volta che ci arrivai a piedi, dopo una salita tortuosa tra le colline, mi sembrava di stare ad Abacrasta: mancavano solo le pietre, l'aria era la stessa, lo stesso cielo trafitto dalla punta sottile di una guglia che si alzava sopra la crociera del campanile. Noi avevamo la torre campanaria di Santu Boddoi, che dall'alto guardava il paese come una civetta strabica.

Martine parla cinque lingue ma ricorda bene anche il sardo, mi ha detto che lo usa ancora per la preghiera, quando vuole rivolgersi a Dio per raccomandargli la sua isola, i suoi naufraghi di terra che la abitano.

Di quell'abbazia ricordo le quattro cappelle che fanno da corona all'abside, le vetrate bianche, il canto dei frati, l'organo che suona, il profumo di lavanda che usciva dai mobili e dai muri, la luce, la grande luce che non veniva dal sole.

Di Martine sento ancora il rumore dei sandali che sfiorano il cotto della navata centrale. Stliusc stliusc stliusc. Sensazioni di piatti sciacquati, di onde larghe che baciano dolcemente la spiaggia.

Le sorelle si fanno sentire solo per telefono, per sapere della salute di mamma, per informarsi se abbiamo venduto il resto dei terreni e la casa di famiglia. Soldi vogliono quelle, solamente soldi, perché si vede che dove stanno contano solo quelli. Ad Abacrasta non sono mai più tornate, hanno paura che i figli si prendano «quella malattia» e poi li chiami la Voce.

Io la Voce mi sono stancato di aspettarla, per questo sono andato a cercarla sotto la quercia grande di mannoi Menelau Graminzone, al confine tra le tanche di Sas Animas e il Santuario della Madonna del Raccolto.

Lungo la salita iniziò a nevicare. Fiocchi grossi come piume di colomba. In bocca sapore di prugne acerbe e di lacrime salmastre che scendevano senza un motivo. Per un tratto spensi i fari e tolsi le mani dal volante, sperando di finire in qualche burrone. La macchina andava da sola, guidata da una presenza invisibile. Forse era la stessa presenza che aveva accompagnato i miei giorni inutili, tenendomi per mano come un bambino mai cresciuto.

La casa, il diploma, il lavoro, il pallone, la solitudine, mia madre che mi proponeva una fidanzata al giorno.

«Tu sei uccello che non ha imparato a volare!» mi disse un giorno, ferendomi a morte, spogliando il mio passato con un batter d'occhi.

Voleva dirmi che non avevo imparato a vivere, che le ali di carta dei libri sono fragili come quelle delle libellule, si sfarinano alla luce del sole.

La conta dei libri che ho letto in vita mia l'ho persa da tempo, ma non ricordo una fine o un inizio a memoria. Tutto a frammenti vedo, come in un caleidoscopio gigante, dove i volti deformati dei vivi e dei morti di Abacrasta si ribaltano, si mischiano, si confondono in un unico libro, forse quello che sto scrivendo.

Neanche il militare ho fatto, per via di un generale amico di mio padre che mi aveva dichiarato non idoneo per insufficienza toracica. Il mare lo avevo visto solo dalla nave, un immenso catino di piombo fuso solcato da flutti di spuma salivosa.

Quando scesi dalla macchina la neve era già alta alle caviglie, rumoreggiava sotto gli scarponi come sughero macinato. L'ultimo tratto di strada bisognava farlo a piedi, come aveva fatto mio nonno quella notte. Guardai l'orologio: erano le sette in punto.

Smise di nevicare di colpo e il cielo s'incendiò di quella grande luce che avevo visto nell'abbazia di Notre-Dame-d'Acey. Comparve la luna piena, luminosa e trasparente come un foglio di caramella. Le lingue dei rovi pencolavano sotto il peso della neve. Le bacche dell'agrifoglio sembravano gocce di sangue appese agli alberi. Un vortice di vento aspirò tutta la neve e la sollevò in una danza carnevalesca.

Come un grande uccello senza ali, mannoi Graminzone comparve in cielo e iniziò a volare in tondo nell'aria.

«Dssssùmm, dssssùmm, dsììììì... tatàtàtà, tatatà,

tatà... In trincea, Battì! In trincea, che qui grandina piombo!».

Mi misi a correre, cercai di sollevarmi in punta di piedi per acchiapparlo, gridando:

«Portami via, mannò! Portami con te!».

«Tatatà, tatà, ratatatà...».

Mio nonno, anche se firmava sempre con una ighisi, aveva imparato a volare ma non sapeva più atterrare. Da vivo, quando era tornato dalla guerra, aveva fatto murare sopra la porta uno stemma di pietra con un aereo che decollava. Era un'anima senza pace, come me.

«Dssssùmm, dsùmm, dsssùmm... tatàtà, tatà... Tornatene ad Abacrasta, Battì... dsssùmm, dsììì... brucia i tuoi libri... tatatàtà, tatà... comprati cento pecore e sposati Cosima Thonca... dsssiùmm, dsssiùùmmm...».

Dopo qualche minuto, quando riprese a nevicare, mio nonno era scomparso. Io correvo ancora verso la grande quercia. Sotto l'imbusto, al centro di un cerchio di pietre, Redenta Tiria se ne stava seduta, con il viso incassato tra le ginocchia e le mani infilate nei capelli corvini. Era scalza e seminuda, vestiva solo un panno di seta bianca che sembrava tessuto con fili di neve. Si alzò in piedi e m'invitò uncinando l'indice ad andarle incontro. Aveva un lembo della tunica macchiato di sangue e il viso arato da unghiate profonde.

«Salta dentro il cerchio! Non avere paura!».

Ubbidii senza fiatare. La cieca si avvicinò e mi accarezzò dietro la nuca, come solo mannai Juvanna sapeva fare quando ero bambino.

«Pure tu stanco di vivere senza aver mai veramente vissuto? Ma voi di Abacrasta, non vi straccate mai di giocare alla morra con la morte? Non avete ancora capito che vince sempre lei, che ha mille dita, mille occhi e mille voci?».

«È che...» non mi diede neanche il tempo di rispondere:

«È che niente! È che vi dovete togliere questa abitudine di restituire il regalo della vita per un capriccio! Ma cosa vi credete, il Padreterno, che fa e disfa a suo piacimento? Non siete più ai tempi di Eracliu Palitta e Artemisa Crapiolu, aprite gli occhi e guardate il mondo per quello che è! Del sangue cattivo che vi scorre nelle vene ne avete versato anche troppo, adesso basta! Tornatene in paese e fai quello che ti ha detto tuo nonno! Ricordati che la vita deve finire quando lo decide il Babbo Grande, ma può iniziare veramente solo quando lo vogliamo noi!».

«Ma...».

«Ma niente! Finisci il libro, piuttosto! Perché i morti bisogna farli parlare, farli rivivere nelle storie. E ai vivi bisogna far capire che il mestiere del vivere è cosa difficile da imparare, ma non impossibile. Se poi ti avanzano tempo e soldi, usali per costruire un piccolo santuario in questo posto maledetto dove si è sacrificato tuo nonno. Metti almeno la prima pietra e chiamalo Santuario della Salvezza, così la gente si porterà il rosario per pregare, invece della cinta o della fune per impiccarsi! Nel tuo libro scrivi che tutti possono salvarsi, perché Redenta Tiria è scesa su questa terra per tagliare la lingua alla Voce, per scacciare i ladri di anime. Adesso esci dal cerchio con un salto all'indietro, senza spostare le pietre, che se no le disgrazie continuano!».

In quel mentre uscì dalla coltre di neve un bianco cavallo alato. La cieca gli accarezzò la criniera e sorrise. Io feci appena in tempo a domandarle dove andava.

«Vado dove le bestie da preda mi inviteranno a cena!» rispose.

Poi montò il cavallo che spiccò il volo e galoppò via nell'aria, perdendosi tra ciuffi di neve.

FINITO DI STAMPARE NEL NOVEMBRE 2012 IN AZZATE
DAL CONSORZIO ARTIGIANO «L.V.G.»

Printed in Italy

FABULA

ULTIMI VOLUMI PUBBLICATI:

180. Anna Maria Ortese, *Angelici dolori e altri racconti*
181. Frank McCourt, *Ehi, prof!* (3ª ediz.)
182. Salvatore Niffoi, *Ritorno a Baraule* (3ª ediz.)
183. Kiran Desai, *Eredi della sconfitta* (2ª ediz.)
184. Jean Echenoz, *Ravel*
185. W.G. Sebald, *Gli emigrati*
186. Peter Cameron, *Un giorno questo dolore ti sarà utile* (8ª ediz.)
187. Muriel Spark, *Gli scapoli* (2ª ediz.)
188. Roberto Bolaño, *2666*, vol. I (2ª ediz.)
189. Andrej Longo, *Dieci* (5ª ediz.)
190. Alan Bennett, *La sovrana lettrice* (9ª ediz.)
191. Davis Grubb, *La morte corre sul fiume*
192. V.S. Naipaul, *Semi magici*
193. Salvatore Niffoi, *Collodoro* (2ª ediz.)
194. William S. Burroughs, *Nova Express*
195. David Henry Sterry, *Un pollastro a Hollywood*
196. Christina Stead, *Il piccolo hotel*
197. Letizia Muratori, *La casa madre*
198. Peter Cameron, *Paura della matematica* (2ª ediz.)
199. Muriel Spark, *Atteggiamento sospetto*
200. Dai Sijie, *Una notte in cui la luna non è sorta*
201. Mordecai Richler, *Le meraviglie di St. Urbain Street*
202. Roberto Bolaño, *2666*, vol. II (2ª ediz.)
203. Andrew Sean Greer, *La storia di un matrimonio* (6ª ediz.)
204. János Székely, *Tentazione*
205. Salvatore Niffoi, *Il pane di Abele* (2ª ediz.)
206. Shirley Jackson, *Abbiamo sempre vissuto nel castello* (2ª ediz.)
207. Curzio Malaparte, *Kaputt*
208. Letizia Muratori, *Il giorno dell'indipendenza* (2ª ediz.)
209. Mark Sarvas, *Harry, rivisto* (2ª ediz.)
210. Patrick Dennis, *Zia Mame* (15ª ediz.)
211. Muriel Spark, *I consolatori*
212. Andrej Longo, *Chi ha ucciso Sarah?* (2ª ediz.)
213. William S. Burroughs, *Il biglietto che esplose*
214. Jean Echenoz, *Correre* (2ª ediz.)

215. Jedediah Berry, *Manuale di investigazione*
216. Ingeborg Bachmann, *Il libro Franza*
217. Christopher Isherwood, *Un uomo solo* (4ª ediz.)
218. Salvatore Niffoi, *Il Bastone dei Miracoli* (2ª ediz.)
219. Licia Giaquinto, *La ianara* (2ª ediz.)
220. Paul Collins, *Al paese dei libri* (2ª ediz.)
221. Elizabeth Kelly, *Chiedi scusa! Chiedi scusa!* (4ª ediz.)
222. Roberto Bolaño, *Amuleto*
223. Letizia Muratori, *Sole senza nessuno*
224. Patrick Dennis, *Povera piccina*
225. Clancy Martin, *Come si vende*
226. Curzio Malaparte, *La pelle* (3ª ediz.)
227. W.G. Sebald, *Gli anelli di Saturno*
228. Alan Bennett, *Una vita come le altre* (2ª ediz.)
229. Roberto Bolaño, *Il Terzo Reich*
230. J. Rodolfo Wilcock, *I due allegri indiani*
231. Christopher Isherwood, *La violetta del Prater*
232. Salvatore Niffoi, *Il lago dei sogni*
233. Aldous Huxley, *Punto contro punto*
234. Guido Ceronetti, *In un amore felice*
235. Goffredo Parise, *Il padrone*
236. William S. Burroughs - Jack Kerouac, *E gli ippopotami si sono lessati nelle loro vasche*
237. Andrej Longo, *Lu campo di girasoli*
238. Patrick Dennis, *Intorno al mondo con zia Mame* (2ª ediz.)
239. Austin Wright, *Tony & Susan* (2ª ediz.)
240. Friedrich Dürrenmatt, *Giustizia* (2ª ediz.)
241. Alan Bennett, *Due storie sporche* (3ª ediz.)
242. V.S. Naipaul, *I mimi*
243. Roberto Bolaño, *I dispiaceri del vero poliziotto*
244. Jean Echenoz, *Lampi* (2ª ediz.)
245. Pierre Mac Orlan, *Il porto delle nebbie* (2ª ediz.)
246. Friedrich Dürrenmatt, *L'incarico*
247. Peter Cameron, *Coral Glynn* (2ª ediz.)
248. Nancy Mitford, *L'amore in un clima freddo* (5ª ediz.)
249. Letizia Muratori, *Come se niente fosse*
250. Ian Fleming, *Casino Royale*
251. Emmanuel Carrère, *Limonov* (3ª ediz.)
252. Patrick Dennis, *Genio*
253. Curzio Malaparte, *Il ballo al Kremlino*
254. Ian Fleming, *Vivi e lascia morire*